ある日、
フランスで
クワドヌフ？

目次

ある日、私は歓迎されてない？

それはフランスに降り立った時から始まっていた。早朝のシャルル・ド・ゴール空港。これから1年間のインターン生活。初めてビザを取得しての滞在。期待と不安のなかで、何となく地に足がついていないような、ボワンとした感覚が体全体を覆っていた。

話は遡るが、私がフランスに興味を持ったのは5歳の頃だった。アルセーヌ・ルパンを主人公とした子ども向けの推理小説に描かれるフランスの風景や、登場人物が交わすフランス語の響きに興味を抱き、母にフランス語を習いたいと懇願した。

「大学に入ればタダで勉強できるわよ」

母からすれば、当時まだ英語教室さえ少ないなか、フランス語を習うとなったら、どれぐらい高額な月謝が掛かるだろう？　という気持ちを反映した返答だったのではないかと思う。

だがしかし、母のこの返答に私は素直に従った。つまり、大学の第二外国語でフランス語を勉強できるようになるまで、私はフランスへの想いをずっと温め続けたのだ。

一浪して大学に入り、念願のフランス語に触れられるようになったものの、想いとは裏腹に成績は芳しくなかった。

「この機会を15年待っていたんです！」という人だったら、もっと成果が出ても良さそうなものだが、中ほどの成績を保ったまま、第二外国語の授業は終了してしまった。

それでも大学在籍中に一度、短期留学でフランスの地を踏むことができた。たった1か月という短い期間だったが、2年間座学で勉強してきたことを軽く超越してしまう体験が、かの地で私を迎えてくれた。

その後、2回目の渡仏も短期留学だったが、慣れ始めてきた矢先に帰国となる状況に、

（もっと長く、フランスにいたい！）

5歳のときに初めて感じたフランスへの憧れは、現地を知ったことで目標に変わり、私は留学ではない方法でフランスへ行くことを決意した。

いろいろ調べた結果、留学以外で一番長く居られる方法は、ワーキングホリデービザで入国することだった。申請の年齢限度は30歳まで。その時、私は26歳。ビザは30歳直前のほうが取得しやすいと聞いていたので、それからおよそ3年の間、私は資金を貯めるため仕事に没頭した。

そしてとうとう29歳のとき。今までの熱い想いを乗せてビザを申請した私は、念願叶って1年間のインターンという切符を手に入れたのである。

前置きが長くなったが、このような経緯があって、私は今回フランスへやって来た。まず、到着後すぐに解決しておきたいことがあった。それは、パスポートへの入国スタンプ押印。乗継便でフランスへ入国していたので、すでにヨーロッパの経由地でスタンプを押されていた。だが、ワーキングホリデービザを使用するためには、該当国の入国スタンプが必要だと聞いていた。

以前に何かの記事で、ド・ゴール1で入国審査をしようとした人が、窓口を探していたら手続きすることなく外に出てしまった、という話を読んだことがあった。そのため、私もそうなったらどうしよう、と一抹の不安を感じていたのだ。

良くない予感に限って的中してしまう。スケルトンになっているエスカレーターをぐるぐると移動していたら、

(あれっ?)

なぜか外に出ていた。

(いつの間に? どこを抜けてきちゃったんだろう??)

慌てて案内板を確認し、出入国審査を行う窓口へ戻る。

「あの～、すみません」

窓口の中にいた男女2人の係員さんに出口側から声をかける。人もまばらで暇そうにしていた2人は笑いながら話をしていたが、私の呼び掛けにちょっと面倒くさそうな表情を見せた。

「はい？」

女性がぶっきらぼうに答える。

「あの、チェックを受けないまま外へ出てしまって……。私、これから1年間、ビザで滞在するんです。スタンプが必要なので押してもらえますか？」

パスポートのビザの部分を見せながら説明する。たどたどしいフランス語が聞き取りづらいのか、眉をひそめ、半身を傾けるようにして私の話を聞いていた女性は、

「ああ、それなら必要ないわよ」

とパスポートを突っ返してきた。

「え、でも、スタンプが必要だと聞いていますが？」

「大丈夫だよ、もう押してあるから」

男性係員が女性の後ろから畳み掛ける。

「フランスのじゃないけど……」

今後の滞在に影響しては困るので、私も粘ってみる。

「EU諸国で押してあれば大丈夫だから」

その時、他に入国手続きをする人がやって来た。邪魔だからほら、もう行って！と言わんばかりに2人に退出を促されてしまい、私は渋々引き下がった。

後の1年間、私は1度も「パスポートを見せろ」だの「不法滞在じゃないのか」だのと言われたり疑われたりすることはなかったため、フランスの入国スタンプがないという心配は杞憂に終わった。だが、なにぶん最初が肝心なので、できるだけ不安を抱えていたくなかったのが正直なところだった。

（別に押してくれたっていいのに。まあ、大丈夫だって言うなら、仕方がないか）


気持ちを切り替え、ド・ゴール2へ向かう。滞在先の都市まで電車で向かうため、高速鉄道駅へアクセスするにはターミナルを移動する必要があった。しかし、滅多に出たことがない鼻血に見舞われ、私はフラフラし始めた。

（何でこんなときに……。興奮してるのかしら？）

鉄道駅には辿り着いたものの、出血と時差で感覚が鈍っていたので、私はどこか座れそうな場所を探し、駅構内をさまよった。早朝だと言うのに、すでに大勢の人が行き交う。椅子もふさがっていたが、柱の下の台座に腰掛けるくらいはできそうだ。売店で水を買い、鼻へ当ててみる。

（ふ～っ）

血はもう止まっていたが、眉間から鼻にかけての冷たい触感が気分も少し落ち着かせてくれる。水を口に含み、切符と時計を見比べながら、お目当ての電車が来るのを待った。

（ああ、やっと乗れる）

空港と駅で数時間を潰していた私は、目的地の電車が到着したことを確認し、早く席に着きたいと気もそぞろになっていた。ホームに出向き、そそくさと停まっていた電車に乗り込み、席番号を確認する。

（ここだ！）

座席を確認できたので、一番近いドアに設置されている荷台にスーツケースを乗せる（電車内では、大型の荷物を座席には持ち込まず、出入り口にある上下２段の台に置くようになっていた）。自分の目の届かない場所に荷物を置くのはちょっと不安だったが、鍵は最新式だし、あんな重いものをわざわざ運び出す泥棒もいないだろう。

（あとは着いたらステイ先に連絡するだけ！）

やっと座ってゆっくりできるという開放感から、出発時間が来るまでの間、私はシートに深々と腰掛けていた。


何かがおかしいと気づいたのは、発車時刻になっても、電車が一向に動き出す気配がなかったからだ。

（私の時計が進んでるのかな？）

あるいは、出発が遅れているのかもしれない。

（日本とは違って、時間通りじゃないこともあるしな……）

いいように考えようとしたが、じわじわと焦りが込み上げてきた。

出発前の社内アナウンスなどがないから、余計に不安を煽られる。腰を上げ、シート越しにキョロキョロと辺りを見渡すが、乗務員さんどころか乗客も2、3人だけだった。そのうちの1人、エスパー元国防長官似の黒髪メガネの男性が私の様子に気付いて声をかけてきた。

「どうかしましたか？」

「あの、これはこの電車のものですよね？」

おずおずと切符を長官に差し出す。さらっと目を通した長官はすぐさま、

「残念だけど、これは別の電車だよ。君の電車はさっき隣のホームから出発したほう」

と、がらんとした隣接ホームを指差した。

(やってしまったぁ～！)

頭に一気に血が巡り、クラクラする。鼻血までぶり返しそうだ。

(今まで電車を間違えたことなんてないのに！　何か今日は浮足立ってたよね？　これからどうしよう？　次の電車って⁇)

とりあえず電車を降りようと、慌てて水を鞄にしまい、身支度していると、

「君の目的地だったら、この電車で途中まで出て、乗り換えれば行けるよ」

と長官がアドバイスしてくれた。

「このまま乗って行けるんですか？」

「そうだよ。僕の降りる駅で乗り換えられるから、そこまで一緒に行こう」

長官は私が滞在する街からさほど遠くない街の出身で、その日は実家に戻るところだったらしい。

「乗務員が来たら僕から説明するよ」

長官は、私が乗り間違えたことを車内で切符の確認に来る乗務員さんに話してくれ

ると言うのだ。親切にしてくれる長官だったが、私はまだ不安が拭いきれない。長官へお礼を伝えるのもそこそこに、

（切符代とか、あらためて払わないとダメだよね？　いくらくらいかかるんだろう？　ステイ先にも、別の電車で行くって伝えないといけないし……。そもそも、乗り換えの駅ってどこ？　そこからどうやって行けばいいの？）

などと思考をフル回転させていた。私の混乱をよそに、

「ま、外国人にはわかりにくいかもね。でも、全然別方向の電車に乗ったわけじゃないから、大丈夫だよ」

長官はいたって冷静だ。

「僕の席はこっち側だけど、君の隣に行ってもいいかな？」

確認する辺り、礼儀正しく紳士な対応の長官。一方、それどころではない私は

「はい、ええ、どうぞ」

上の空で返事をしていた。

発車して数分、乗務員さんが切符のチェックに来た。約束通り、長官が私のことを話してくれる。彼の説明が功を奏したのかどうか、幸い、切符代を請求されることはなかった。

（よ、良かった〜。余計な出費がかからずに済んだ！）

不安の種のひとつはこれで消えた。

「ありがとうございます」

私は長官にお礼を言い、乗り換えのことを確認しようとしたときだ。

「君は中国人？」

出し抜けに国籍を聞かれ、

「いえ、日本人です」

と、鞄からガイドブックを取り出し、掲げて見せた。

（やっぱり、見分けがつかないんだな〜）

国籍を尋ねられたことについて、私はよくあることくらいにしか思わなかったのだが、

「え？　君は日本人？」

驚かれるという反応は初めてだった。

「はい、そうですけど……」

（そんなに意外だったのかな？）

不思議そうに長官の顔を眺めると、さっきまでの笑顔は消えていた。

「君は中国と日本の関係をどう思う?」

「関係?」

質問の意図がわからず、オウム返しに返事をしてしまう。

「日本は中国に対して随分ひどいことを繰り返してきたよね? それについて、君はどう思っているの?」

それからの長官は、戦争における日本の統治・占領や殺戮、低賃金での労働など、日本が中国にしてきた仕打ちを延々と語り、その都度
「君は日本人としてどう思うの?」

と聞いてきた。私はというと、日本語でも言葉を選ぶようなセンシティブな内容について、どう答えたら良いのか窮していた。ましてや、フランス語で……。

長官の言い分についてもすべて理解できたわけではないが、声のトーンや顔の表情から、長官が日本について良いイメージを持っていないことは充分に理解できた。できれば立ち去りたかったが、私は窓際に座り、長官が通路側で進路を遮っている。

窓の外には広々とした畑が続き、太陽の光を浴びてキラキラしていた。本来であれば、この車窓の風景に心躍らせ、緊張や高揚感で満たされているはずだった。

それなのに、私は今、見ず知らずの男性から突然責め立てられている。

さっきまでは笑顔で簡単なフランス語を使って話してくれていたのに、今は険しい顔をし、難しいフランス語で延々と追及してくる長官。「日本はひどい国だよね、君は自覚してるの？」と畳みかけられ、私はいたたまれない気持ちになった。

「何か言うことはないの？」

一向に意見しない私に業を煮やした長官が、再度問い詰めてくる。長官の言わんとするところをきちんと理解していないのに返答はできないと思ったので、私はそういう意味で

「よく理解できないので、何と言っていいかわかりません」

と答えた。しかし長官は、私が今までの話について何も感じていないと受け取ったらしい。

「君に歴史認識はあるの？　日本は中国に謝罪していないよね？　悪いと思わないの？」

私は、なぜ長官が初対面の人間に対してこんなことを言うのだろうと、彼のバックグラウンドについて考えを巡らせ始めた。仕事などで一時期、中国で過ごしたのだろうか？　ひょっとしたら、奥さんが中国の方なのかも知れない。

私がいろいろと想像していることなどはおかまいなしに、長官は私に謝罪を求めて

きた。

親切に接してくれたのは最初の30分くらいだけ。その後の2時間ほど、私は長官の詰問を身体全身に浴びた。最終的に、ドラマで見るような取調室での容疑者さながら、私はうなだれてそれに応える返答をした。そこでやっと長官は満足したようだ。

折よく乗換駅にも到着したが、発車時に乗り間違えで落ち込み、沈んでいた私の身体が、さらにズシンとのしかかる重みにへばっていた。スーツケースの車輪さえ、転がらずにズルズルと地面へめり込んでいくようだ。その重力に腕を持っていかれそうになっている私に対し、長官は最後にこう言い放った。

「僕の家から車で行けば、君が滞在する街にもすぐ行けるけど、ま、ここで待っていれば電車が来るから。じゃ、良い1日を」

(たとえ社交辞令だったとしても、この状況で「良い1日を」なんてどうして言えるんだろう……?)

長官の一言に心まで折れそうになったが、すっかりクタクタで、私には折れる芯さえ残っていなかった。むしろ、

(こちらこそ、望むところです!)

長官と離れられることで心底ホッとし、シャキッとしてきた。

（ステイ先に連絡しないと！）

本来だったら乗るはずだった電車が着く駅と、これから私の乗る電車が着く駅が違うことがわかったのだ。駅まで出迎えに来てくれることになっていたステイ先のマダムに、そのことを伝えなくてはならない。

テレカルト（フランスのテレフォンカード）は購入済みだったので、公衆電話から電話をかける。マダムが電話に出たので到着駅と時間が変わったことを説明し、やっと一息つけた。

高速鉄道が停車する駅としては簡素な造りで、床が木張りのプラットホームは、雨よけや柵など上も左右も囲むものが一切ない。ホームには、私のように出立を感じさせる人の他、荷物を持たずウロウロしている人もいた。

フランスの鉄道駅には改札がなく、乗客以外も自由に出入りできるため、「ああ、これから到着する電車に待ち人がいるのだな」などと私は想像していた。

この駅でしばし電車を待つことになったが、一人で気楽になった分、待ち時間を苦にすることはなかった。今回は、行き先も時刻もしっかり確認し、電車に乗り込む。時間通りに発車した電車にまた一安心。

（なんだか、フランスに着いてからずっとバタバタしてるな〜。でも、これでとうとうステイ先に行ける！）

　これから1年間滞在する街にすう〜っと電車が停まる。

飛び出す元気はなかったが、ワクワクしながらドアを開け、一歩踏み出す。心持ち、足取りも軽くなったようだ。

　ロータリーに出て、人待ち風のマダムがいないか、探してみる。アジア人はほとんどいないから、マダムには私のことがすぐにわかるだろう。しかし、数分待ってみても誰も寄って来る気配がない。

（あれ？　私、到着時間を間違えて言ってないよね？）

　電車の乗り間違えもあったから、またしても自分がやらかしてしまったかと疑っていたとき、

「あなたがシホ？」

　ふくよかな女性が声を掛けて来た。名前を知っているのだから、ステイ先のマダムなのだろう。

「はい、そうです！　先ほど電話で……。あの、お迎えありがとうございます。電車を間違えてしまって、駅が変わってすみませんでした」

ああ、この方がこれから1年間お世話になる家のマダムなのだ！

できる限り感じ良くしようと、笑顔で挨拶したが、微妙な表情をしているマダム。

（何だろう、この感じ……。何かあった？）

良くない予感が再び的中した。

「私、来るのは男の子だと思っていたのだけど？」

「……」

とうとう私の心は粉々に砕け散った。

（私はここにいてもいいの？　誰からも歓迎されていないの？）

え〜ん。

日本を発って1日、激動のフランス生活はこうして幕を開けたのであった。

ある日、娘のご不興を買う

今回は失敗しない！

私は気合を入れていた。年も近いみたいだし、できれば友達のように仲良くしたい！インターンとしてこれから生活する街に到着した初日。ホームステイ先のマダムが運転する車で家へ向かう途中のことだ。

これより7年前、私は初めてのホームステイに臨んでいた。そのご家庭は母1人、娘1人の2人家族。マダムは白髪で杖をついていたので、娘と私の年は恐らく10歳以上離れていたのではないかと思う。

何人もの外国人を受け入れてきたようで、家にはさまざまな国のオブジェが飾られていた。

「一番上の階があなたの部屋よ」

マダムに言われ、部屋に向かう。そのご家庭は一軒家で、私は3階の部屋を使わせていただくことになっていた。ありがたいことに、部屋にはシャワーとトイレがあったので、ホームステイでの気掛かりだった、『どのタイミングでバスルームを使わせてもらうか』があっさりクリアされた。

少し荷物を整理したのち、日本のお菓子と折り紙細工を持ってマダムに手渡す。

「まあ、素敵！　ありがとう」

早速、マダムは折り紙細工を他の国のオブジェと一緒に飾ってくれる。滑り出しは順調。少しホッとしていたところに、娘が仕事から帰って来た。

娘は、私が通うことになる語学学校の先生をしていて、

「いらっしゃい。明日から学校で一緒になるわね」

とにこやかに接してくれた。優しそうなご家族で良かった。どうやら仲良くできそうだ。


学校で私は初級クラスだったが、ステイ先の娘が教えていたのはもっと上のクラス。一緒とはいっても、学校ではほとんど顔を合わすことがなかった。

この語学学校は少し離れたところにある学食を利用でき、前菜、メイン、デザート付きでとても格安に提供していた。学食にしては味も良かったので、価格とも相まって、ほとんどの学生や教員がそこを利用していたと思う。だが、そこでも娘と出会うことはなかった。

マダムの作るお料理はどれも美味しく、毎回新しい料理が出てきた。ときにはカエ

ルの姿焼きなども提供され、ビックリすることもあったのだが、手の込んだフランスの家庭料理を作っていただいたことは、経験としても食欲を満たすことにしても恵まれていたと思う。そんなマダムのことを娘はビッグママと呼び、マダムの料理に誇りを持っているようだった。だから、昼も学食は利用せず、家で食事していたのだろう。

そんな私たちだったから、話をするのは夕食のときに限られた。とはいえ、まだ詳しく説明できるだけの語学力が備わっていなかった私は、聞かれたことに答えるくらいで、学校生活についてあまり話をしていなかった。

しかし、ホームステイ開始からしばらく経った頃、学校である出来事があり、私たちの関係はギクシャクし始めた。

私のクラスには日本人が5人いて、その中の女の子2人が、ある女性教師のことを「かっこいい!」と言って騒いでいた。その女性教師はクリクリの赤毛ですらっと背が高く、中性的。ティルダ・スウィントンに雰囲気が似ていた。彼女は舞台女優でもあったようで、教師の傍ら街の舞台にも立っていたらしい。

その日、ファンの女の子たちは「かっこいいって言いに行こう!」と、ティルダを待ち構えていた。

私はたまたま彼女たちの近くにあった自販機で飲み物を買おうとしていた。そこにティルダが通りかかり、ファンの２人が私の前をふさぐ形になってしまったので、仕方なくその場に留まっていた。

「あなたはとっても、と～ってもかっこいいです！」

１人の女の子がそう言って、もう１人は力強く頷いている。

「あなたのファンです！　一緒に写真撮ってください！」

そのとき、ステイ先の娘がティルダの後ろを通りかかった。

彼女たちは写真をせがんでいる。

その後ろで、通せんぼされている私。

ティルダは喜んで、と慣れた感じで２人とそれぞれに写真を撮ったあと、私にも「いらっしゃい」という感じで手招きした。

（いや、私は別にファンでは……）

娘があまり面白くなさそうな顔でこちらを見ていることが気掛かりだったが、断るのも失礼かな？　と思い、ティルダと一緒に写真に納まった。

その日の夜、夕食どきのことである。

「シホったら、ティルダのファンなんですって」

娘がマダムに不服そうな声で報告した。

「まあ、そうなの？」

マダムもティルダのことは知っているようだが、うれしそうな反応ではない。

「いえ、ファンじゃありません」

「でも、一緒に写真を撮ってたわよね」

ああ、やっぱり。面白くは思われてなかったんだ。

「まあ、写真まで？」

眉をひそめるマダム。自分の娘より他の人がいいの？　という感じだ。

「写真を頼んだのは別の子で……」

「ああいう人が人気なのね」

言葉を探してノロノロと話していると、遮るように言葉を被せてくる。

(だから、そういうことでは……。それに、教師としての評判とは関係ないと思います)

思ったことを言葉にできず、もどかしい。しかも、誤解されている。何とか説明したかったのだが、娘は別の話題をマダムに振り、２人で会話している。その内容がよくわからなかったので、話に加わることもできず、つい無言になる。

その日の夕食は何とも気まずいものになってしまった。

この1か月の滞在で、母娘は最後まで私をもてなしてくれたが、結局、仲良くなるまでには至らなかった。帰国後に手紙を書いたのだが、返事が来なかったことから多分、留学生の受け入れ先とそこに滞在した外国人という、ビジネスの範囲で終わってしまったのだろう。


だからこそ、今回は失敗しない！　そう思っていたのだ。

今回のご家庭は子ども3人、しかも長女は私より4つ下。

（友達みたいになれたらいいな！）

到着早々、マダムから男の子が来ると思っていたと告げられてしまい、自分のせいではないものの、私は挽回したい気持ちになっていた。期待半分、不安半分で、ステイ先に到着したのである。

このご家庭はご先祖がデンマーク人だったらしく、自分たちのことを『ヴァイキングの子孫』と言っていた。おっしゃる通り、ムッシューもマダムも子どもたちも大柄で迫力がある。

子どもは長女、長男、次男の順に3人いて、長女は地元の土産物屋で働いている社会人、長男は私がインターンをする高校の2年生、次男は中学生と、歳の離れた姉弟だった。

私が到着したとき、家には長男と次男がいて、それぞれに挨拶した。長男は人見知りのようであまり笑わなかったが、次男は人懐っこくニコニコしていた。

（長男とは時間がかかるかもしれないけど、次男とは打ち解けられそう……）

でも、まだ油断はできない。

何といっても、今回はインターン期間中の1年間、長期滞在だ。1か月で「はい、さようなら」とはわけが違う。

何としてもうまく家族に溶け込みたい！

そう思っていた。そのうち長女が仕事から帰って来て、笑いながら握手を求められたとき、

（良かった、気さくな人みたい）

そう感じた私は、

「年が近いのでうれしいです」

と自分の気持ちを素直に口にした。だが、それが長女のご不興を買ったらしい。途端に血相を変えた彼女は、

「いい！　私は26。あなたは30。4歳も違うの！　全然近くないから！」

と猛反発。

（そ、そんなに怒る？　20代と30代は違うのよって、そういうこと⁇）

初対面での怒声に、私はすっかり引いてしまった。

一家はまあまあ……という表情だったのでとりあえず救われたが、何だか仲良くなれそうな気がまったくしなくなってしまったのである。


その日の夕食で、予感は的中する。

私は家族へのお土産としていくつか日本的なものを持って来ていたのだが、その一つ、お箸について説明しようとしていたときである。

「どうやって使うの？」

次男が聞いてきたので、こうやって挟んで、と話していたら、長女が
「そんなの面倒だわ。私はこうやって使う！」

と突然1本を皿に突き刺す動作を始めた。

皿の中身はポテトチップス（ヴァイキング一家では食事の前にこういったものが食卓に並ぶことがあった）。バリンバリン音を立てて割れていくチップス。かけらが飛び散り、皿の中で粉々になっていくだけだったが、長女はやめようとしない。私は唖

然とするしかなかった。

ちょっと狂ったように見える行為の末に、ひとかけらがかろうじて引っかかった。

「ほらね」

満足そうにニヤリとして口に運ぶ長女。

バリンッ！

口の中で潰されたチップスのように、私たちの関係は初日に決定的となった。

その後、私は事を荒立てることはしないように努めていたつもりだが、この一家とはそりが合わなかったのだろう。３ヵ月お世話になったのち、家を出ることにした（その話はまた別の機会に）。

日本人女性よりもフランス人女性のほうが年齢を気にしたりしないと思っていたのだが、長女は若さに拘りがあったのだろうか。あるいは、初対面で歳のことを持ち出したのが、やはりまずかったのだろうか。

自分としては親近感のつもりだったが、彼女には不愉快に感じる何かがあったのだろう。友達でもない外国人を受け入れるということは、気疲れすることも多いと思うし、不便も生じると思う。

お互い気持ち良く過ごせるよう、適度なコミュニケーションが取れたら良かった。
それにしても、初対面の相手に怒れる我の強さ。私も自分の意見がはっきり言える
くらいには強くならねば！
新たな決意をした体験だった。

ある日、学校に暮らすということ

誰にでも、住まいに対する拘りが1つや2つ、あるのではないだろうか。

キッチンには最新家電を揃えたいとか、日当たりが良くなきゃダメとか、寝るだけなので横になるスペースがあればいい、ということだって一種の拘りだと思うのだ。

では、住居が公共施設の中にあったら？

その建物内に暮らすというのはどんな気分なのだろう？

その疑問を一部解決する機会が、良くも悪くも訪れることになった。


「校長があなたを自宅に招待したいそうよ」

インターンとして通う高校で、私のメンターとなったマリーからそう聞かされたのはインターン開始直後のこと。赴任当日に校長には挨拶していたが、そのときは「我が校のために頑張ってくれたまえ！」と握手を交わしただけだった。

まだ学校のことを何も知らず、数人の教員としか話をしたことがなかった状況で、いきなりトップからのご招待。

（緊張以外の何物でもない〜！）

どうすれば良いか考える間もなく、

「約束の時間に学校の入口に来て。私が連れて行くから」

あっさりマリーに促され、校長宅訪問が決定したのである。

自宅への招待と聞き、一軒家や広いアパートを想像していたのだが、校長の住まいは学校の最上階、しかも、まるっとワンフロアを占有しているらしい。

「学校に住んでるの？」

「そうよ」

「同じ建物でしょ？」

「そう。最上階で私たちを見張っているの」

別棟ではなく、教室の上に住んでいると聞いて、私は驚いた。校長の下のフロアは、越境入学した生徒のための学生寮になっていて、そういった生徒たちも学校で暮らしているのだという。

（どっちも落ち着かないんじゃないだろうか？）

職場や学び舎が同じなのは少し窮屈に思える。校長にしてみれば、仕事の延長で生徒のことを気に掛けなくてはならないなんて、休まるときがないのではないか？

生徒にしたって、校長が上にいるなんて、息苦しくないのだろうか？　嫌だったとしても、独り暮らしはコスト面、安全面から親が反対するだろうから、子どもには選ぶ余地などなさそうだ。まあ、修学旅行の夜のように、先生に隠れてこっそり計画を実行するのもワクワクドキドキで楽しいのかも知れない。

（学校に暮らすってどんな感じだろう？）

想像を膨らませたままご招待当日になった。その日は晴天だったが、私の足取りはどんより重い。興味よりも緊張のほうが勝っていた。

（何を話せばいいいんだろう？　まあ、マリーがいてくれるなら大丈夫かな？　でも……）

紹介が遅れたが、校長のムッシューGは顔が濃い。ロバート・キャンベルさんとカルロス・ゴーン元ＣＥＯと『チャーリーとチョコレート工場』に出てきた小人を足して割ったような感じだ。

そんな校長はカラフルな色を好んで着ている。カラフルと言えば聞こえは良いが、少しやり過ぎ感がある。たとえば、光沢のある紫のシャツに発色の良い黄色のネクタイ。背広の裏地は赤で、ルパン三世ばりのズボンの丈から覗く足に鮮やかな黄緑のソックスを合わせる、など。こんな風に光る虫を図鑑か何かで見たことがあるような気がするのだが、虫が苦手な私は直視できなかったので覚えていない（大変失礼な例え方で申し訳ないが、強烈なインパクトを与える人だった）。

「校長は変わった人だけど、奥さんはもっと変わってるわよ」

事前情報を教えてくれたときのマリーは、フフッと意味ありげに含み笑いをした。

（その笑い、気になる〜！　この校長より変わってるって……。夫婦で存在感ありすぎでしょう！）

しかし、それ以上のことをマリーは話してくれなかったので、私は当日まで悶々と過ごすことになったのだ。

週末なので学校周辺はひっそりしている。人通りがまばらななか、学校入口で待っているとマリーがやって来た。挨拶をしてすぐ彼女が入口のベルを鳴らすと、中から守衛の女性が顔を出した。

「校長に招待されてるの」

マリーが説明すると、守衛は「あら、そうなの？」と肩をすくめて見せた。

（そのリアクション、どういう意味？）

不安を煽られながらもマリーに続いて階段を上る。学生寮のフロアに上る階段の手前には、いつも立ち入り禁止の看板があるのだが、構わずさらに上へ。最上階へ足を踏み入れ2、3メートル廊下を進むと、学校とは思えない扉が目の前に現れた。

この学校の教室のドアはのっぺりとした板張りで、上半分にガラスがはめ込まれ、中が見えるようになっている。一方、この扉は草木の装飾が彫り込まれた重厚なもので、淡いクリーム色をしていた。目線のあたりに金属製のドアノッカーが備え付けられていたが、扉に擦れや傷がないことから、飾りとしての用途であることがわかる。

呼吸を整える間もなく、マリーがベルを鳴らす。

(待って、ちょっとだけ、気を落ち着けたい!)

何となく自分の身体を見渡してみる。

(服、これで良かったかな? おかしいところはないよね?)

別に見合いでもないのに、こういうときは自分の身だしなみが気になるものである。そわそわしていると、マダムGがドアを開けて

「いらっしゃい。ようこそ!」

と出迎えてくれた。目を細くしたリンダ・ハミルトンのような奥様。そして、

(たしかに、強烈!)

マダムGは虎柄のシャツにピタッとしたストライプのスパッツ、そして髪にはメッシュを入れていた。紫式部色というのだろうか、たしか赤みがかった紫だったと思う。ミディアムヘアに細かいパーマをあて、前髪から中央にかけて色づくメッシュはトサカのようだ。

背は私と同じくらいだったからあまり高くはないが、ムッシューGが180センチくらいあったから、デコボココンビで一緒にいるとさらに目立つだろう。

そんなことを考えていると、マダムGの後ろからムッシューGが「やあ」と顔を出した。

「それじゃ、私はここで」

何てことだろう！　マリーが手を振って私に背を向けた。

「え……。帰るの？」

「私は案内だけ。じゃ、良い1日を」

自分だけが取り残されるなんて想像だにしておらず、私は玄関先でポカンと佇んでしまった。

「さあ、どうぞ。中に入って」

遠慮していると思われたのか、マダムGがドアを大きく開いて中へ招き入れてくれる。

「は、初めまして。今日はお招きありがとうございます。これ、どうぞ」

型にはまった挨拶をして、日本の手土産を渡す。

「まあ、ありがとう！　私、東洋のものが大好きなのよ！　あなたもとってもエキゾチック！」

（はあ、それはどうも……）

この難局をどう乗り切ろう？　つい、曖昧な笑顔が出てしまった。


テーブルに案内されるまで、部屋を見渡してみる。玄関の正面はテラスになっていて、恐らく、学校の校庭が見渡せるはずだ。

通された部屋は教室3室分くらいあり、仕切るものがないからとても広い。壁紙や調度品は想像を裏切らず、色に満ちていた。ミントグリーンやペールピンクの淡い壁紙に、金とか銀のゴージャスな家具。ゆるやかなカーブの脚をしたロココ調のソファーや、草花の装飾が施されたアールヌーヴォー調の鏡があったように覚えている。

キッチンはシンプルな白だが、大理石が使われていた。クッションや小物など部屋のところどころに普段ムッシューGが着ている服の色（紫や黄緑）がチラチラしていたので、この色が好きなのかな？　と思った。ヨーロッパ調の家具に紛れて、アフリカの民族面や東洋の陶器の菓子入れなども置かれている。自分たちの好きなものを好きなように配置している印象を受けた。

この階下に、毎日の講義が行われる教室があるとは想像できないくらい、夫妻の生活に溢れる空間だった。

（目が忙しいな）

視覚の情報量が多く、緊張に輪を掛けて何となく落ち着かなくなる。

「好き嫌いはないかしら？　今日はホタテを料理してみたの」

見かけとは裏腹に物腰のやわらかいマダムG。オーブンを気にしている。

「お酒は大丈夫なのよね？　まずは乾杯しましょう」

私は相当緊張していたのだろう。食前酒を飲んで以降、酔ったわけでもないのに、このときの記憶があまりない。覚えているのは、どうしてフランスに興味を持ったのかとか、日本では何をしていたのかなどを聞かれたということくらいだ。

私は、小さい頃から推理小説・特にモーリス・ルブランの『アルセーヌ・ルパン』シリーズやアガサ・クリスティの『エルキュール・ポアロ』シリーズが好きで、本の中で描写されるフランスの風景や登場人物が話すフランス語に興味があったことを話した。

また、２人の祖母が日本の伝統文化と関わりがあり、教わってはこなかったものの、私も何か文化的なことに関わっていきたかったと説明したように思う。

その後、サラダをいただきホタテができあがるまでムッシューＧと２人で座ったままだったと思うのだが、話をしたのか黙っていたのか、それすら曖昧である。

「ちょっと焼きすぎたかしら」

そのうち、マダムＧが貝殻のまま焼いたホタテを運んで来てくれた。ホワイトクリームソースの味付けだったと思うが、彼女の心配通り、３分の１ほど焦げたホタテは硬くなっていた。

「やっぱり、ちょっと焼き過ぎたね」

「いや、そんなことはない。美味しいよ」

ムッシューＧがフォローする。私も
「美味しいです」

と彼に賛同する。マダムＧはうれしそうにしたのち、ホタテ貝からサンティアゴ巡礼についての話をし始めた。

日本のテレビ番組でこの巡礼について取り上げたことがあったことや、パウロ・コエーリョの『星の巡礼』を読んでいたこともあり、私は「一度行ってみたいです」などと相槌を打っていた。

　この翌年、フランスでは『サン・ジャックへの道』が公開され、帰国後、日本でも封切られたから、一度は自分も行ってみたいと思っている人が増えたのではないかと思う。

　そうこうしているうちにデザート、そしてお開きになった。

　甘いもの中毒である私が、デザートが何だったか覚えていないとは、どんだけガチガチだったんだ！　と自分で突っ込むくらい、そのときの記憶も綺麗さっぱりない。

　玄関まで見送っていただいたとき、夫妻はフランス式の挨拶はせず、握手を求めてきた。きっと、私を尊重してくれたのだと思う（ムッシューGはその後1年間、一度も私とはフランス式の挨拶をせず、握手で通した）。

　食事のお礼を言って外へ出ると、ムッシューGが
「じゃ、また月曜に」

　と言ってドアを閉めた。途端に私も緊張が解ける。

（はああ……。疲れたぁ～）

　きっと、ドアの中では夫妻が同じことを思っているだろう。おもてなしは労力を使うものだ。まして、言葉があまり通じない外国人だと、会話が弾まないから場を持た

せるのに苦労したと思う。

（部屋の中を見せてくださいって言えば良かったかな？）

そう思っても今更なのだが、玄関からテーブルまで一直線、テラスにも出なかったし、部屋の調度品を見せてもらうこともなかった。海外では寝室でもない限り、部屋を見たいと言うことは失礼には当たらないようだから、聞いてみれば良かった。でも、あの場では借りてきた猫状態だったので思いつかなかったのである。


結局、校長宅にお邪魔したのはそれが最初で最後となり、学校で暮らす人の生活ぶりをほんのちょっと垣間見る程度に終わった。当然のことながら、教室と住居ではスペースの使い方も装飾も異なり、同じ建物でこんなにも違うものかと驚かされた。しかし、これなら職場の雰囲気を引きずったり気持ちの切り替えができなくなることはなさそうだ。

それにしても、隠し扉とかあって、校長室につながったりしているんじゃないだろうか？　覗き穴とか作られていて、寮で問題児がいたら見張れる部屋に移されたりして……。そんなことは物語の世界でしかありえないのだろうけど。

数時間の滞在だったが、私の想像力を満たしてくれる貴重な経験になった。

ある日、馬が止まらない

「乗馬の経験はある?」

インターン開始から1か月程経った頃だろうか。マリーから唐突にそう聞かれた私は「乗ったことはある」と簡易的な返事をしていた。

まだ小さい頃、マザー牧場で手綱を引いてもらって……という詳しい説明をするのがちょっと面倒だったからだが、自分の経験をきちんと話しておかなかったことを、私はこの後モーレッツに後悔することになる。

私のメンターであるマリーは、飛び級して高校に入学した『プレコス』と呼ばれる早熟な生徒のクラスを担当していた。そのカリキュラムの一環として、カマルグ湿原を散策するという校外プログラムがあり、私も一緒に体験させてもらえることになったのだ。

カマルグはフラミンゴの飛来地として有名で、このプログラムでは、ガイドの案内で馬に乗って湿原を回ることになっていた。

散策当日、カマルグに到着すると、私たちを案内してくれる地元の牧場の美人姉妹が、一人ひとりに白い馬をあてがってくれた。

（わぁ～、これがカマルグの白い馬かぁ！）

フランス映画『白い馬』を思い出し、私はすっかり舞い上がっていた。

エヴァ・メンデス似の妹が、動くときはお腹を軽く蹴って、右に曲がるときは手綱を右に、左のときは左に、止まるときは体重を掛けて引く……と説明をしてくれたときも、「ふ～ん、案外簡単なんだ！」と呑気に構えていた。

馬の背に乗せてもらったのち、姉妹が私たちの前後を挟む形で、一列になって出発。湿原ということで、ぬかるんだ地面や生い茂った草木を想像していたのだが、砂漠のように干上がった土地もあり、日本とはまた違う趣を感じながらのんびりと進んだ。

カマルグはフラミンゴの他にもさまざまな鳥や動物が生息しており、私たちは間近で観察することができた。ラムサール条約により、彼らを脅かしたり、危害を加えたりすることは禁止されているが、柵などで囲われていない彼らの横を私たちは通過していった。この環境を保つため、昔から人間が適度な距離を置いてきたためだろう、彼らが私たちを警戒する様子はなかった。

水辺にいる野鳥や黒牛を間近にし、私は夢中でカメラのシャッターを切った（馬の背に揺られているため、後で見返したときには何を撮ったのかわからないくらい、ブレブレだった）。

ところどころでフラミンゴを見かけ、群れでいないかしら？　と期待していたのだが、ピンクで埋め尽くされているような光景には出くわさなかった。フラミンゴが飛来してくる様も圧巻だと聞いていたので、時々空を見上げていたのだが、残念ながら、こちらも散策中に見ることはできなかった。

動物たちがいた湿原を抜け、また砂漠のようなカラカラの土地に出たとき、先頭のエヴァが止まって休憩を促した。

皆、手綱を引いて次々とその場に止まっていく。

（えっと、こういう風に引けばいいんだよね？）

散策前に教わった通り、私は体を後ろに倒し、両手の手綱を引いた。ところが、馬は止まらずにそのまま進んでいく。

（えっ、何で？）

少し焦った私は、同じ動作を数回繰り返した。すると、どうだろう？　馬は止まるどころか進む足を速め、あろうことか走り出したのだ！

「待って！　何で止まらないの？　止まって！　止まれ〜!!」

駆け出した馬を止める方法がわからない！　馬はどんどん走って行く。私の制止などおかまいなしだ。馬から落ちないよう、私はただただ必死にしがみついた。

（な、何かこれ、ホントに映画みたいになってきた……。この先に水場とかあったらどうしよう?!）

『白い馬』で少年と馬が追っ手を振り切り、水辺の奥へ奥へと走っていくシーンを思い出し、私はすっかりパニックになっていた。

　後ろで誰かが何かを叫んでいた。だが、聞き取ることも理解することもできない。成す術なく硬直していたとき、すごい勢いで私の横に駆け寄った人がいた。エヴァだ！　彼女は並走しながら私の手綱を引いた。すると馬は常足になり、やがて止まった。

「どうして止まらないの！　私の声、聞こえなかったの？」

「す、すみません……」

　追いついたときと同じくらいの剣幕でまくしたてられ、ホッとしたのと同時に私はしゅんとしてしまった。

「その子は外国人だから、あなたの言うことがわからなかったのよ！」

　マリーが遠くから叫ぶ。

（いや、説明は聞いてたよ。でも、馬が止まらなかったんだよ……）

　私をかばってくれているマリーの言い分に心の中で反発したが、エヴァは途端に優しい表情になった。

「そうだったの、あなたは外国人だったのね。さあ、みんなの所に戻りましょう」

と一行のいる場所まで、私の馬を引いていってくれた。


その後、出発地点までまた馬に乗って帰った。

今度は止まってくれるかしら？　という私の心配をよそに手綱を引くまでもなく、馬のほうが勝手に止まってくれた。きっと、馬のほうも乗り慣れない人間を乗せ、早く休みたいと思っていたのだろう。

それぞれが乗った馬にブラシをかけて終了、ということだったので、私はお礼を言うためにエヴァの隣でブラシを掛けることにした。

「あの、さっきはありがとうございました」

「ああ、あなた！　大丈夫？　一日疲れたでしょ？」

「はい、最初の説明は理解していたつもりだったんですが……。こんなふうにやってみたんですが、何か違っていたんでしょうか？」

さっき馬を止めようとしたときの動作をエヴァの前でやってみる。

「ああ、きっと、馬が迷ったのね」

「迷う？」

「ええ。あなたの引き方が、馬には『止まれ』なのか『行け』なのかわからなかったんだと思うわ」

（い、行け！　のときも引くんですか?!）

最初の説明ではお腹を軽く蹴る、としか聞いていなかったし、行けと止まれの引き方の違いなどを詳しく聞きたいところだった。それなのに、エヴァから「良くできました、もういいわよ」とすっかり子ども扱いされてしまい、疲労とも相まって意気消沈してしまった。

帰り際にマリーから、全員乗馬経験があると伝えていたけど、外国人がいることも伝えておけば良かったわね、と謝られた。一方の私は心の中で、乗馬初心者と言っておけば良かったと後悔したのだった（自分の語学力を棚に上げるあたり、悔やみ方が厚かましいのだが）。

馬さん、変な乗り方しちゃってごめんね。次は手綱さばき、マスターして乗ります！

ある日、紹介で男性とお近づきになる

ニコとは、紹介を通じて知り合った。

私が滞在していた街には日本語を学べる高校や大学がなく、私が高校のインターンに採用されたのも、学校が今後新講座を検討する際のトライアルケースだったと思われる。生徒や教員のなかには、日本や日本語に興味を持つ人が何人かいて、独学やコミュニティセンターで日本語を習ったりしているようだった。

だが、なかには日本語クラスがないので中国語のクラスに出ているという生徒もいた（こういった生徒に限らず、両国の言葉や文化があまり変わらないだろうと誤解しているフランス人が結構いた）。

私がインターンをしている高校の数学教師であるマルティヌは、コミュニティセンターで日本語を習っていた。

「どんな風に講義しているか、一度見てみたら？」という彼女に連れられ、私はセンターの講義に同席させてもらうことになった。

センターで教えていたのは、フランス人と結婚し、街で暮らしているユキコさんという日本人女性。彼女の教え方はわかりやすく丁寧ということで、生徒から信頼され

ていた。

そのユキコさんから紹介されたのがニコである。実はユキコさんもニコとは面識がなく、センターを通して個人レッスンの依頼があったというのだ。

彼女にはまだ言葉をしゃべっていないくらいの小さなお嬢さんがいた。家庭との兼ね合いを考えると個人レッスンまでは手が回らず、私に「やってみないか?」と勧めてくれたのである。

ニコがどんな人か? という話の際、ユキコさんは「会ったことがないので問い合わせを受けた人から聞いた話ですが」と前置きした上で、彼の情報を教えてくれた。

私と同年代の会社員男性であること、私が通う学校の近くに住んでいること、そして、彼が聾唖《ろうあ》であること。

「こちらの口の動きを読んだり、筆談で話ができるみたいです。シホさん、どうですか?」

「はい、やります」

私は即決でニコとの個人レッスンを引き受けた。

インターン開始から数か月が経っていたが、流暢に会話できるほどのレベルには到底達していない私にとって、誰と話をするにしても多少まごつき、意思疎通に時間が掛かっていた。相手が口元を読んでくれたり筆談できるのであれば、他のフランス人とのコミュニケーションとそう大差ない。そう思った。

それに、インターン以外で教える初めてのケースだ。高校生を相手に教えるときは、彼らのやる気がまちまちだったりするので、時間中興味を引き付けるだけで苦労することがある。だが、社会人は熱意があってレッスンを希望しているのだ。俄然、張り合いが出てくる。しかも、お金ももらえる。

こうして私は、ニコと知り合うことになったのである。


ユキコさんから教えてもらったメールアドレスに直接連絡したところ、とりあえず一度会って話しましょうということになり、ニコから指定された待ち合わせ場所に出向く。特にお互いの特徴は話していなかったが、アジア系の女性がウロウロしていたらわかるだろうと思っていた。

私は約束の5分前くらいに到着。待ち合わせに関して、フランス人の感覚はさまざまだ。時間に正確な人もいれば、おおらかな人もいる（どちらかと言えば、後者のほうが多い）。

私が着いたとき、指定場所にはトレンチコートを羽織り、背筋の伸びた厳格そうな顔立ちの男性が佇んでいた。

（この人かな？）

日本語を学びたいという人だから、ひょっとしたら生真面目な時間感覚を持っている人かもしれない。そんなことを考えた私は、話し掛けられるのを待てばよいものを、その男性にニコかどうか確認した。

「違う」

胡散臭そうに一瞥されてしまい、私は乾いた笑顔とともにお詫びを伝え、すごすごと男性から距離を置いた。

ニコがやって来たのは約束の時間を少し過ぎた頃だった。背が高くモデル体型の金髪男性が、颯爽とこちらに歩いて来て、私に声を掛けた。

「シホ？」

やや高音のちょっとかすれた声。そしてイケメン。ラファエル・ペルソナと『ダーク・エンジェル』時代のマイケル・ウェザリーを足して割ったような顔立ちだ。

（まずい……）

私は動揺した。彼の声や容姿に喜んだのではない。私は元々人見知りで、特に初対面でのイケメンがちょっと苦手なのだ。つまり、視覚情報だけのイケメンは緊張する以外の何物でもなく、私は落ち着かなくなってしまう。

これが日本だったら、営業職で培った擬態能力で、人見知りであることや苦手意識があることをごまかしつつ話をすることができたと思うが、それをフランス語でやるのは難易度が高い。もしニコがイケメンであることを知っていたら、初めましての場面は2人でなく、ユキコさんかコミュニティセンターの方に同席してもらいたかった。

しかし、時すでに遅し。

「あ、ニコさんですか？　初めまして」

引きつった笑顔で堅苦しい挨拶をする私を、ぶんぶん、と握手で振り切るニコ。

「この先のカフェで話そう」

すでに歩き出しているニコを私は小走りで追いかける。

「引き受けてくれてありがとう。なかなかいないんだ、そういう人」

話すスピードも歩行もせかせかしていて、ちょっと戸惑ってしまう。なかなかのマイペースだな、などと思いながらニコの背中を追う傍ら、私は彼の歩く様子が少し気になっていた。

とても姿勢が良い。手の先まで綺麗に伸ばして歩いている。ひょっとしたら、本当にモデルさんかもしれない。だが、それにしてはちょっとキャットウォーク気味だ。

これはむしろ、女性のモデルさんの歩き方では……？

会話の相槌も心に残るかすかな疑問も置き去りにしたまま、私たちはニコお目当てのカフェに到着した。

飲み物を注文し、席に着いてからやっとニコと向き合う。彼が聾唖の方と聞いていたから気付いたが、耳に補聴器をつけていた。私は筆談用に紙とペンを持って来ていたのだが、

「補聴器をつけているし、口を読めるから、普通に話してくれていいよ」

とのニコの計らいで、私たちは声で会話することになった。

（私みたいな外国人の口の動きでもわかるのかな？）

私の滅茶苦茶な口の動きに四苦八苦して、ニコが「やっぱり筆談にして！」と言い出すんじゃないだろうかと心配していたのだが、どうやら杞憂だったようだ。

「小さい頃から、口の動きをずっと見てきたからね」

ニコは生まれつき聾唖だったが、お母さんと一緒にろうそくの炎を使って声を出す特訓をしたのだと言う。この発音をするにはどの程度息を吐き出せばいいのかということを、お母さんの口元と炎の揺れを見ながら毎日練習したそうだ。

さらに、彼は自分の発音が聞こえないなか、会話できるように鍛錬を積んできたと

いうのだから、本当に頭が下がる。

「僕の声、ちょっと変でしょう？　みんな、少し高いって言うんだよね。補聴器をつけたら聞こえるけど、自分で聞く声とみんなが聞く声は違うって言うし……。僕には本当の自分の声がどんなだか聞こえないから、直しようがないんだ」

　ニコはなぜ日本語を勉強したいのかについても話してくれた。

「東南アジアに行ったとき、現地で知り合った日本人男性と仲良くなったんだ。彼は聾唖ではなく、彼のお父さんがそうだったんだけど、彼は聾唖の人を支援する活動をしていた。彼から日本語や日本のことをいろいろ聞いたから、興味を持ったんだよね」

　話を聞くうち、ニコは堅苦しい勉強スタイルではなく、日常会話などをしながら日本語を覚えていきたいようだった。そこで私は、友達のように会話しつつ、構文などで疑問点が出てきたら、私のテキストを使って覚えるのはどうですか？　と提案した。

ニコはうれしそうに、

「それ、いい考え！」

　と親指を立てて見せた。

　私たちはレッスン形式と1時間の料金を話し合い（10ユーロ：当時１４００円くらいにした）、次回会う日時を決め、またがっちり握手してその日は別れたのである。

そして一週間後、初めてのレッスン。私たちは前回と同じカフェで待ち合わせをした。ニコは補聴器を持ってはいたが、普段はあまりつけたくないようだった。一人で街に繰り出すときなどは安全面からもつけているようだったが、それ以外は、口を読むことで過ごしているらしい。

「だから、レッスンも僕の家でやらない?」

いきなり男性の家でレッスン。ニコの容姿などから考えたら、多くの女性が喜びそうなシチュエーションだ。しかし、知り合ったばかりでまだイケメンの呪縛が解けない私にとっては、緊張感が続く状況でしかない。

「外だとお金も掛かるし……」

それには私も大いに賛成。現金と言われればそれまでだが、初回から、私はニコの家でレッスンをすることになった。

ニコのアパートは、なんと私がインターンをしている高校の、道路を挟んで隣側にあった。彼は5階建ての最上階、部屋から続く階段で屋上も占有できるという羨ましい物件に住んでいた。

アパートの入口は人一人が通れるくらいの縦長ドアで、大柄な人は横向きにならないと通れないような幅しかなかった。エレベーターは当然なく、急で狭幅な階段を目が回るほどくるくると上り切ると、踊り場もなくニコの部屋のドアが現れた。

「今後、急用でレッスンできないことになったら、メールするか手紙をポストに入れておいて」

ポストに手紙とはクラシックなスタイルだが、私は手紙が好きなので抵抗はない。でも、急用を手紙に託すのは時間差が心配なので、そういうときはメールすることになった。

「それから、はい、これ」

ニコから渡されたのは、部屋の合鍵だった。

(う〜ん、フランス男性から部屋の合鍵とは！)

なんて艶っぽい！　本当に、多くの女性が舞い上がりそうな状況だが、

(まだ知り合って間もない私に、簡単に鍵を渡していいの？)

私がアヤシイ外国人だったらどうするんだ？　と別の心配をしてしまう。まあ、『アパートの鍵貸します』のように、欧米では簡単に鍵を貸したり渡したりできてしまうのかもしれない。でも、あの映画のように、私が誰かと鉢合わせして困ることはないのだろうか？　たとえば、恋人とか……。

そう思ったとき、心の片隅に忘れ去られそうになっていたあの疑問が、またむくむ

くと沸きあがってきた。

疑問のことはまたいったん心のはしっこにしまい込み、レッスンを始める。少し会話が和んできた頃、私たちはお互いのことを話した。

ニコは、私がなぜインターンをしているのか、どうしてフランスだったのかなどを聞いてきた。質問に答えたのち、私は気になっていた鍵の使い方を尋ねることにした。

「さっき部屋の合鍵もらったけど、ニコはノック音とか聞こえないでしょ？　鍵開けて私がいきなり入ってきたんじゃ、びっくりしない？」

「ああ、それなら、入口のスイッチをカチカチさせて」

どうやらニコは複数の友達に合鍵を渡しているようで、到着を知らせるときはいつも入口にある部屋の電気を点灯してもらっている、と説明した。

私はまた、誰かが鍵をなくしてしまったり、ニコがいないときに侵入されたりしたらどうするんだ？　と要らぬ心配をした。が、まださほど親しくないので、彼の交友関係を疑ったりするような心の内を話すことは控えておいた（よくよく考えたら、鍵の件で何かあった場合、警察に一番に疑われるのは知り合って間もない外国人の私だと気づき、私こそ鍵をなくしたりしないように気を付けなければ……と反省した）。

続けて、彼の仕事について尋ねてみる。ユキコさんは、ニコのメールアドレスが書

かれた会社の名刺らしきものを私にくれたのだが、

「ああ、その会社、もう行ってないんだ」

平然と言うニコ。どうやら、その名刺の会社は辞めたらしく、その後、特に働いていないということだった。

（ということは、無職？　どうやって生活するの？　レッスンとか、このまま続けていいのかしら？）

デリケートな話だけに、聞くことができない。そういえば、コミュニティセンターに来ている人のなかで、無職だが日本語レッスンを受けている人がいた。

職がなくても学びの意欲があるその人に対し、センターはレッスン料を滞納されているにも関わらず、クラスに参加することを認めていた。その人も、無職であるにも関わらず切羽詰まった感じがしなかった。日本よりも失業率の高かったフランスにおいて、こういった心のゆとりや穏やかに取り巻く環境はどうやって育まれるのだろうと不思議に思ったものだ。

とはいえ、生活保護を受けたり、路上生活をしている人の数は日本よりはるかに多かったから、これは物事の一端に過ぎない。

話がそれてしまったが、私はそのときデリケートな質問を回避すべく、ニコの姿勢が良かったのでモデルかと思っていたと打ち明けた。ニコは笑って、姿勢がいいのはアイススケートをやっているからかもしれないと話してくれた。

（アイススケート……。バレエの要素も必要……。仕草や歩き方も優雅になる？）

また、私の疑問が頭の中を占領し始めた。初対面のときに感じたそれは、ニコの家でレッスンをしている最中、彼の所作を見るにつけどんどん大きくなり、むしろ確信に近くなっていた。私はあえて考えないようにしていたが、ついにその疑問が解消されるときがやってきた。

アイススケート選手で誰が好きか、という問いに対し、「ランビエールは好き、ジュベールは嫌い」と答えたニコ。

（ふ〜ん、そうなんだ、私はカタリナ・ヴィットとキャンデロロが好きだった！）

私が時代錯誤なことを言い出す前に、続けてニコはこう言った。

「僕はゲイなんだ」

こうして私が確信していた疑問の答えは、ニコのカミングアウトによって払拭される結果となった。その後のレッスンの様子や彼の恋の行方については、また別の機会に。

ある日、〝本当の会話〟をする

インターンの高校の車用門扉を出て、わずか2、3分。ニコのマンションは、私にとって非常に通いやすい立地にあった。

よそ様のお宅なので、普通は呼び鈴を押し、住人にドアロックを解除してもらってから中に入るようになっている。だが、合鍵をもらっている私は、まるでそこに住んでいるかのように出入りしていた。

とはいえ、ニコの部屋の鍵を開けるときは、さすがに遠慮がちになる。多少音を立ててドアを開け、到着を知らせるような素振りをするのだが、聾唖のニコが音に反応することはなく、まったく意味のない行為になっていた。

入口にある部屋の電気スイッチをカチカチさせ、室内で電灯が点滅しているのを確認する。すると、程なくしてニコがひょっこり顔を出し、

「入って」

と勧めてくれるのだ。これが自宅レッスンに何度か通うようになった頃には、電灯点滅の後、「入っていいよ〜」と声だけで入室を促されるようになり、私も声を聞く前にドアの中へ足を踏み入れたりするようになっていた。

聾唖の方といっても、ニコとはいわゆる声で会話していたので、私は他のフランス人と接するときとほぼ変わらず彼と接していた。ほぼ、と言うのは、スイッチカチカチと同じことを外でもすることがあったからだ。

ニコは歩くのが早い。私を待ったりせず、ずんずん歩いていく。狭い街中の道は車も通るが、往来する人は車の流れをうまく避けて渡っていて、ニコもご多分に洩れずそうしている。

時折、背後の車からクラクションを鳴らされてもニコは気付かない。普通なら声を掛けて知らせるところだが、ニコにはそれができない。走って行って追いつく前に、彼が車道を横切ろうとしたら大変だ。

そんなとき、私は授業で使うレーザーポインターをニコの横顔や目線近くの壁にチカチカさせ、後方の危険を知らせていた。

ニコは自分が聾唖であることを隠したりすることはなかったが、周囲に知らしめているわけでもなかった。安全のため、外では補聴器を付けることもあったが、好んではいなかったようで、誰かと一緒だと付けていなかったりした。だから歩行で置いてけぼりを食うような私は、先述の車の件など、ヒヤヒヤさせられることもあった。

会話も手話ではなく周囲の口元を読み、声でしていた。カフェの店員さんなど注文を取るだけだったり、ちょっと挨拶を交わすだけの人からは、彼が聾唖であることはわからなかっただろう。

そんな状態だったので、私はニコが手話を使いたくないのかも、と勘違いしていた。

あるとき、私はニコにインターンでの出来事を話していたが、少し愚痴めいたことを言ってしまった。

最初は日本クラスに興味を示し、席に座れないほどの生徒で教室が埋まったこともあったのに、最近は数名になってしまったこと。その数名のなかでもあまり顔を出さなくなった生徒がいて、また来ないか誘ったところ、「もう興味ない」とはっきり言われてしまったこと。他国の文化と比較して、「日本より別の国のほうが優れている」と優劣をつける生徒がいたこと。生徒の興味やレイシズムに対し、私はインターンとしてどう対処し、今後どう接するべきなのか……。学校では話せないことを吐露してしまった。

ニコは黙って聴いてくれていたが、私が一呼吸置いたとき、一言、

「僕もシホと同じような境遇だよ」

と漏らした。

「同じ境遇？　どういうこと？」

「まず、僕という人物に興味を持って話しかけて来た人のうち、半分は僕が聾唖であることを知ると離れていく。次に、身振り手振りとか筆談とかで僕と話をしようとする人のうち、また半分が自分とは違うペースに疲れ、離れていく。それでも根気強く話をしてくれていた人のうち、僕がゲイであると知ったらほとんどが離れていくんだ。最後に僕の傍へ残る人はほんの僅かさ。僕は外国人と同じ。社会的マイノリティなんだ」

移民に対する差別や反発が日常的に頻発し、社会問題にもなっていたが、ニコの家系は移民ではないということだった。そういう彼でも、外国人と同じだと、社会的マイノリティだと感じる状況にいるのだ。私の頭を、心臓を、圧迫するような痛みに似た衝撃が走った。黙ってしまった私に、彼は続けた。

「僕にとって、コミュニケーションの手段は声じゃないんだ。僕にとっての『会話』は手話なんだ。でも、ほとんどの人は手話ができない。だから僕は声で会話してるけど、本当の意味では会話していないんだよね」

先ほどの衝撃がさらに大きくなって、私の身体をえぐった。私はニコと会話していなかった。彼の家を出た後、私はすぐに本屋へ直行した。

ニコと、本当の会話がしたい！


次のレッスン日。今日はせわしなくスイッチをカチカチさせてしまう。ニコの「どうぞ〜！」の声を待たずに部屋へ飛び込んでしまうくらい、私はワクワクしていた。

ニコは私の顔を見て、声で挨拶をしようとしたが、私の動作を見て目を丸くした。

「シホ？　それ……」

「どう？　これ、『こんにちは』で合ってる？」

あの後、私は本屋で手話の本を探した。数冊見つかったそれらは、すべて分厚く、いいお値段だった。そこで私は、どうしても覚えておきたい単語を書き出し、また本屋へ戻って、それらの動作を書き留め、家で練習した。

困ったことと言えば、手の動作を表す図がわかりにくかったこと。言葉とともに説明されているその図は、対面している人として描かれていたので、私は鏡文字を読み取るように覚えなくてはならなかったのだ。だから、自分の動作が手話として通用するのか、ニコに会って試してみるまでわからなかった。

ニコは満面の笑みで、「それでＯＫ」と言いながら、『こんにちは』を手話で返してくれた。

それ以来、私は少しずつ本屋で手話を覚えていった。日本と同じで、フランスでも立ち読みはあまり歓迎されないだろうと思っていたので、1回につき2、3の単語を、できる限りササっと覚えようと思っていた。だが、何しろ鏡文字を読み解くのに時間が掛かる。

そこで私は、背中越しに本を読むようにしてみた（描かれている人物と同じ向きになってみた）。覚えるのは早くなったものの、本を背にして何やら指を複雑に動かす外国人がいたら、「アイツおかしいんじゃないか？」と警備員につまみ出されても不思議ではなかっただろう。

でもその甲斐あって、レッスンのたびに私はニコと『本当の会話』が増えた。

「フランス人でもそこまでする人は少ないのに、外国人の君が手話を覚えてくれて、僕はうれしい」

ニコからお礼を言われ、うれしいような申し訳ないような気持ちになった。だって私は、ニコの気持ちを誤解していたのだから。

ニコから『本当の会話』について考えさせられたことは、学校のインターン活動だけでなく、日本に戻ってからもずっと、私の中で大きな意義を持っている。

ある日、家を出る

思えば、出だしから私たちの間にはボタンの掛け違いがあったのだ。

男の子が来ると思っていた、とマダムに告げられたフランス到着初日。友達になれるかもと思っていた長女との初対面のやり取り。どこかしっくりこない感情を抱いたまま、私はステイ先とのさまざまな出来事をやり過ごして来た。

異文化で過ごしてきた外国人を長期間受け入れることは、その家庭にとって、ストレスや忍耐の連続であろうと想像できる。私を受け入れてくれたことに感謝する気持ちもある。できれば円満に過ごしていきたいと思い、ここまで過ごしてきた。だが今回、ステイ先を離れる決心をしたことは、たとえ恩を仇で返したと思われたとしても後悔していない。


デンマーク出身のヴァイキングファミリー以前にも、私はフランスでホームステイの経験があり、その都度各家庭のルールに従って行動してきた。そのときも困ったり迷うことはあったが、ステイ先の家族と話し合って解決できていた。しかし、ヴァイキングファミリーのルールというか環境は、私を大いに困惑させた。

まず、家の合鍵をもらえなかったこと。もちろん、同居を受け入れたとはいえ赤の他人だから、鍵を預けることに抵抗があったのだろうし、渡す義務もない。

私が困ったのは、ファミリーが家にいる間しか外出も帰宅もできず、自由に動けないことだった。インターンが終わって学校から戻ってみると、家には誰もおらず、いつ帰って来るかわからないファミリーの帰宅時間を見計らって時間を潰すということがたびたびあった。

閉口したのは、週末の過ごし方だ。

ファミリーが外出で家を空けるとき、私は同伴者から外されていたが、私一人を家に残すことにも抵抗があったのか、マダムは私を知り合いの家に預けるようにしていた。しかも、マダムは私の都合を確認せずに事を決めてくる。

「週末はこの人にあなたのことを頼んでいるから」と告げられるのだが、それがいつも直前なものだから、「えっ、私にも週末したいことがあったのに……」と困ってしまうのだ。一度、

「私はこうしようと思っているので」

と自分の過ごし方を話してみたのだが、

「もう頼んじゃってるのよ！　先方はあなたが来ることを楽しみにしているの。準備

しているのに断るのは申し訳ないでしょ？　それに、あなただって寝泊りや食事はどうするの？　あなたを一人で家に置いておけないし、外泊はお金もかかるのだから、誰かに面倒見てもらったほうがいいでしょ？」

と一方的にまくしたてられた。今後の滞在に影響するほうが面倒なので、私も渋々受け入れていたのだが、せめて一言、「友達の家に行ってもらおうと思うけど、どう？」くらい聞いてくれてもいいのに……と思っていた。

ひょっとしたら、自分たちが不在のときには別の受け入れ先を探すという取り決めになっていたのかもしれないし、言葉も拙く危なっかしい存在の私を心配してのことかもしれない。でも、本人の意思も尊重して欲しかった。

食事の時間も驚きの連続だった。

ヴァイキングファミリーはみな体格の良い人たちだったが、飼い犬もこれまた大型犬だった。小さな子どもだったら背に乗せられるほどのその犬に、家族は食後の皿や鍋をそのまま床に置いて差し出していた。

床は家族が土足で歩いているし、犬も足を拭いたりすることなく上がっているところだから、掃除していてもほこりや小さな砂などが目に付く。食べ残しや余りをムシャムシャ、ベロンベロンとがっつきなめ尽くす犬。床をカチカチ、ガタガタ言わせ、犬にされるがまま転がる皿や鍋。その様子を満足そうに眺めた後、床から皿や鍋を拾い上げ、他の食器と一緒にスポンジで洗うマダム。

（ペットは家族の一員って言うけど、フランスでは当たり前のことなのかな？　衛生面とか気にしないのかしら？）

郷に入れば……で、ある程度のことは受け入れて生活してきた私は、そののちも普通に食事をしていたが、神経質な人はきっと耐えられない事態だろう。

しかし、これは軽いジャブ程度。

マダムは料理好きで、フランスの家庭料理を振る舞ってくれたが、あるとき、

「今日はウサギよ！」

とニコニコしながら大きな鍋をテーブルの真ん中にドーンと据えた。ウサギはスーパーでも売られている食材で、今までのステイ先でも振る舞っていただいたことがあった。どちらの家庭でも、鳥・豚・牛と比べると出て来る頻度は少なかったので、普段よりはちょっとリッチな夕食ということになるのだろう。

（わ〜、ウサギの煮込み料理かぁ！）

マダムが各自の皿に鍋の中身を取りわける様子をじっと見守っていると、彼女は私に

「シホには特別にいいところをあげるわ」

と、お玉をグイっと勢いよく持ち上げた。鍋からすくい上げられ、私の目の前に現れたのは、煮崩れしたウサギの頭がい骨だった。ところどころまだ肉が付いていて、大きな目玉がギロリと骨の間から私を睨んだかと思うと、ボロリと剥がれ落ち、鍋の中へボチャンと落ちた。

（ひっ！）

グ、グロテスク……。

マダムはいったん頭がい骨を鍋に戻し、くるくるとお玉で鍋をさらった後、皿を渡してくれた。私は頭がい骨が持ち上がった瞬間こそ驚いた表情をしたものの、声を上げることはなかったし、渡された皿をニッコリ受け取った。どうか、目玉だけは入っていませんように、と祈りながら。

過去のステイ先でも、アルミホイルに包まれた食事を開いてみたら、跳ね上がって逃げようとしていたところを捕獲され、そのまま頭だけスパンと落されたカエルの姿焼きを出されたこともあった。

だから、ヴァイキングマダムの料理についても、驚きこそすれ、ひどい仕打ちだと思ったことは一度もない。ただ私には、自分が体験したことが他の家庭でも普通なのかどうか、図ることができなかった。

家の中では、寒さにも耐える必要があった。私は大きな窓のある一室を提供されていたが、セントラルヒーティングがまったく効かず、隙間風に悩まされていた。11月だったので、しばらくはストールやセーターなどをブランケットの上から重ねて凌いでいたのだが、寒さで熟睡できない日々が続くようになった。

たしか、フランスに滞在経験のある著名な日本人が、パリで寒さに耐えられず、折り畳みの椅子まで掛けて寝ていた、という一文を読んだ記憶がある。その気持ちがわかる状況だった。

そしてある朝、寒さに震えながら起き上がってみると、机の上に置いていたヘアオイルが凍っていた。オイルが凍るなんて！　と仰天したが、調べてみたところ、オリーブオイルなどある種の油は氷点下でなくても凍ることがあるようだ。部屋に温度計があるわけではないから、自分の置かれた環境について改善を求めていいものかどうか、迷ってしまった。

それに、このヴァイキング家の面々は、ムッシューもマダムも高校生の長男も、私がセーターを着こむなか、半袖で過ごしていたのだ。こんな状況で、部屋が寒いとか暖房を直して欲しいとか、言っても大丈夫だろうか？

しかし遂に私は、この状況をマダムに相談することにした。

夕食後に子どもたちがそれぞれの部屋へ引き上げ、マダムとムッシューが2人になったとき、私はマダムに改善を依頼した。するとマダムは、笑いながら予想通りの返答をした。

「あら、私たちは今でも半袖で過ごしているのよ？　あなたが寒がりなだけじゃない？」

（やっぱりそうきたか……）

体感温度の違いと言われればそれまでだが、学校でも暖房が入り、世の中一般の人々は冬の装いをしているのだ。決して私が過剰に寒さを訴えているのではない。一応、穏やかに解決しようと何とか頼み込んだところ、数日後に長男が部屋へやって来た。セントラルヒーティングをこちょこちょといじり、

「ほら、直したよ！」

と言われたのだが、触るとかろうじてぬくもりを感じる程度だった。結局、部屋全体を快適にするまでには至らず、私はブランケットの上にいろいろなものを掛け、床に就く夜を続けたのだった。

長女との関係も、修復されないままだった。初対面で彼女のご不興を買った後、歩

み寄ってみようと努めてはみたものの、良くなったかと思えばやはりそうではなかったと思い知らされるだけに終わった。

彼女は周囲の人に私のことを『フランス語がほんのちょっとしか話したり理解できない日本人』と紹介していた。また、「フランスに来てから一度も男性に言い寄られてないでしょ？」などとよくからかわれていたので（まあ、本当のことですが）、小ばかにされているとは思っていた。

長女には婚約者がいて、このあと二人で暮らすことになっていたから、私は正直なところ、彼女の皮肉をあまり聞かなくて済むことになる、と安堵していた。

だが、彼女が家を出ることになった際、私に

「あなたもこれをつけたら魅力的に見えるわよ！」

と、下着をプレゼントしてくれた。ブラサイズ最少カップ（子ども用）の。

これには怒りを通り越し、呆れ返るしかなかった。

腑に落ちないことは多々あったものの、もし、これだけのことだったら、私はそのまま1年間ヴァイキングファミリーにお世話になっていたかもしれない。だが、どうしても腹に据えかねることが起きた。

ヴァイキングファミリーの長男はテレビゲーム好きで、日本のゲームでもたびたび遊んでいたが、あるとき、

「ねえ、日本にいる君の兄ちゃんに頼んで、最新ゲームを送ってもらってよ！」

とねだったことがあった。その要望に対し、私は

「どうかな」

と返していた。元々そんなことを兄に頼むつもりはなかったし、もし彼にプレゼントするにしても、私が帰国してから滞在中のお礼として検討するかもしれない程度に考えていた。

ところが、この長男は私がＯＫしたとでも思っていたのか、たびたび私に「ゲームはいつ送られてくるのか」と尋ねてきた。その都度私は返事をせず、聞き流していたのだが、ついに長男が私に牙をむいた。

「おい、いつになったらお前の兄貴はゲームを送ってくるんだ？　いつまで待たせるんだよ！　早く送るよう、催促しろよ！」

ブチッ、と堪忍袋の緒が切れ、身体の中からブラックな私が鎌首をもたげる。私はただ黙ってじっと長男を睨みつけた。彼も私の豹変に気付いたのか、

「まあ、時間がある時でいいけど」

と私から目を逸らし、その場を立ち去った。

フランス女性は、年下の相手から名前を呼ばれるとき、『マダム』をつけて呼ばれなかったら返事をしないこともある。長男からしたら年上である私に対し、本来であれば、敬意を払ってしかるべきだ。まあ、私に対しての発言であれば百歩譲ってやり過ごしてもいい。

だがこの長男は、会ったこともない私の兄まで貶めた。どこまでも礼を欠いた態度に、このままやり過ごしていいものか、という気持ちがむくむくと沸き起こってきた。


翌日、私はマリーに今までのヴァイキングファミリーでの出来事をすべて話した。そして、衛生面が気になる犬の件や、ウサギの頭がい骨を提供された件は、マリーからしたら「あり得ない」という意見だった。一応、他の教員にも聞いてみたところ、「犬を家族と同じように大切にしているんじゃないか」とか、「ウサギの美味しいところを食べてもらいたかったんじゃないか」という意見も聞かれ、他の家庭でも皆無ではなさそうだった。

しかし、自由に行動できなかったり、ヘアオイルが凍ったりする件については、受け入れ先としてどうかという結論に落ち着いた。

そこでマリーは

「今度の週末、あなたを連れ出す話をマダムにしてみるわ」

と、お誘いの電話をしてくれることになった。

電話があったとき、私は在宅していたが、電話を切った後でマダムが憮然とした表情で、

「あなたと出かけたいって先生から連絡があったわ」

と報告してきた。一方で、

「でも、あなたのことは友達に依頼してあるの。私の友達は日本にとても興味があって、あなたからいろいろ聞きたいと言っているのよ。どう？」

と猫なで声で聞いてきた。このとき私はきっぱりと

「マリーと出かけます」

とマダムの話を断った。彼女は

「週末の朝9時なんて……」

とブツブツ言っていたが、私はもう何も気にせず聞き流していた。

次の日、学校でマリーが

「やはりあの家は普通じゃない」

と、私の感じていた違和感に同意してくれた。どうやら、電話でのマダムがとても感じ悪かったらしいのだ。

「9時に迎えに行きますって言ったら、ものすごく不機嫌そうな声で『9時ィ～？』って返してきたのよ。マダムがこっちにも予定がある、って言うもんだから、シホの予定は聞いたんですか？　って言ってやったわ」

週末土曜日の朝9時に呼び鈴が鳴らされたとき、私はすでに玄関前で待機していた。マダムは

「週末の早い時間に……」

と文句を言いながら、ガウン姿でゆっくりと2階から降りてきた。そして玄関から門扉までの数メートル、面倒くさそうに私を送り出した後、ガチっと鍵を閉めて家の中へ戻って行った。

「私と目も合わさなかったわ」

マリーは首を横に振り、

「これは早くしたほうがいいわね」

と何か考えているようだった。

マリーの考えはすぐに判明した。彼女は別のステイ先を探し、ある生徒に私のことを聞いてくれたようなのだ。

「彼らは敬虔なクリスチャンでね。あなたのことを話したら力になってくれるって」

マリーが当たってくれたのはRDP家という、ムッシューとマダムに一男四女の子ども5人というご家庭。長女と次女はパリの大学生となり、すでに家を離れているため、部屋が空いているということだった。

私がインターンをしている高校には、三女と長男が通っていて、男の子のほうは何とヴァイキングファミリーの長男と同級生ということだった。

(私が家を移ったら双方に気まずい思いをさせてしまうのでは……)

一抹の不安が私の頭をよぎった。

しかし、いやいや、そのことを承知で引き受けてくれると言ってくださっているのだろうから、そこまで心配する必要はあるまい！　と開き直って、自分のことを優先することにし、マリーに話を進めてもらうことにした。

私が家を出て行くということは、学校からヴァイキングファミリーに連絡してくれたようだ。もちろん、『いろいろな生徒の家庭に滞在し、より経験を深める』という建前の理由を用意して。

私が帰宅したとき、家を出て行った長女が戻っていて、マダムに髪を染めてもらっていた。挨拶をして部屋に行こうとしていたら、長女が出し抜けに

「うちを出て、どこに行こうっていうのかしら！」

と叫び、マダムが小声で

「やめなさい」

とたしなめたのが聞こえた。私は長女の言葉よりむしろ、マダムが娘をたしなめたことにびっくりした。2人で私の悪口を言ったり、責めたてたりするのではないかと想像していたからだ。そういう先入観を持ってマダムを見ていたことにちょっとバツが悪く感じていたのだが、そんな必要はなかったとあらためて思い知らされることになる。

実は、私は一家に滞在費用を毎月30ユーロ多く支払っていた。最初の月に私が支払い額を間違えて渡したせいなのだが、マダムは返金することもなく、そのまま受け取っていた。

その後2か月目の支払いを済ませた後で、私は額を間違えていたことに気づき、インターンを斡旋してくれた日本の企業に相談してみた。当然と言えば当然だが、私が誤って招いた事態なので、自分自身で解決してくださいという回答が返ってきた。

契約上は30ユーロ支払う必要がないのだから、「間違えました、返してください」と言っても差し支えない話だ。しかし、そのときは関係を悪化させたくないという思いがあったし、その後まだ数か月もこの家庭でお世話になるのだから、居心地よく過ごしたいとも思っていた。結局、私は返済依頼をしないうえ、3か月目も30ユーロを上乗せして支払った。

私が出て行くと決めたのは11月。

一応、できる限りの筋は通さねばと、自分でも家を出て行く理由をムッシューとマダムに説明したのだが（学校が告げた内容と口裏を合わせていたことは言うまでもない）、当然、夫妻は納得していなかった。

マダムは「来月までいてはどうか」としきりに説得してきた。要は、クリスマスシーズンで物入りになるからだ。最初は、クリスマスはどうするんだ、一緒に過ごしたほうがいいだろう？　と、「あなたのためだから」という体で話をしていたが、次第に「いろいろ揃えなきゃいけないし」と自分たちの話になってきた。

（結局、お金目当てか……）

冷ややかに受け取った私は

「今月で出て行きます」

と宣言した。それでも、2人へ今までのお礼をすることは忘れなかった。

ムッシューはビールジョッキのコレクターだったので、蓋つきのセトモノのビールジョッキをプレゼントしたところ、いたく気に入ってくれていた。マダムはモーヴ色が好きということだったので、その色のシルク製プチクッションを差し上げた。彼女も一応は喜んでいたが、

「あなたにあげた娘のジャケットは返してもらうわね」

とツンとした態度で言われた。ステイ中、私は長女から例の下着を、マダムから小さくて着られなくなった長女のジャケットと中古のカバンをもらっていた。趣味が合わず一度も使用していなかったそれらを、出て行くときにどうすべきか迷っていたところだった。

だからむしろ、渡りに船とばかりに、私は下着も含めまるっとすべて置いていき、ヴァイキング家をあとにした。

ヴァイキングファミリーとは残念な結果に終わってしまったが、いい思い出も1つ、

２つはある。次男とサッカーをしたことや長女の友人たちが親切だったことなどは、救われる出来事だった。

何かが違っていたら、うまくいったのかもしれない。何を間違えたんだろう？　どうすれば良かったんだろう？　そんなことを考えたりもしたが、正解はわからないまだ。この後、お世話になったＲＤＰ家でも、私はいろいろと迷惑をかけたから、自分にも反省すべきところがたくさんある。

過度に遠慮したり我を通すのではなく、お互いを尊重し、理解しようとする。うまくいかないこともあるけれど、そういう気持ちを忘れずにいたい。

ヴァイキングファミリーとの一件で、その思いが強くなった。

ある日、外車を運転する

車の免許を取ってから十数年。立派なペーパードライバーになっているにも関わらず、今、私は左ハンドル・ミッション車の運転席に座っていた。

事の発端は、ラシェルとの他愛もない日常会話でのことだ。

「ここでは車がないと生活できないわね」

ラシェルは私がインターンをしている高校の図書室で司書の仕事をしており、1時間強かけて車で通勤していた。

自然豊かな南フランスのなかでも、ラシェルの家は周囲に民家がないところに建っていた。彼女への手紙が、番地など書かずとも、通りの名前で届くと言えば想像できるだろうか。広い原っぱの真ん中の、舗装されていないデコボコ道の先に、彼女は家族3人、猫1匹と暮らしていた。

ラシェルはよく車で、この土地の自然や文化のなかへ私を連れ出してくれた。大きく育ったオリーブの樹の下で、サッカー場ほどある土地一面に咲き誇る赤橙のコクリコ。その先に目をやると、なだらかな山並みが、さらに広く水平に連なっている。

ローマ水道橋の下で水浴びをする子どもたち。彼らを横目に、3段ある橋の最上段のたもとまで登る。そこから樹々を見下ろすとき、この眺めは遥か昔から変わらない光景なのだろうなぁとしみじみする。

何の変哲もない田舎道に突如として現れるゴッホが描いた跳ね橋や、吹きっさらしのゴツゴツした丘の上に佇むドーデの風車小屋など、絵画や本で想像していた景色を目の当たりにさせてもらった。

「東京では車を使わなくてもいろいろなところに行けるのよね」

「うん。一応免許は取ったけど、全然運転しなかったの。東京での生活には困らないけど、旅行先で運転できたらいいのにと思うことはあるな」

私の話を聞いて、「あら」とラシェルは目を輝かせた。

「それなら、うちで乗ってみればいいわ！　道も広いし、周りには誰もいないもの、迷惑をかけることはないわ！」

（あ、いや、乗れたらいいと思うけど乗りたいとは思ってないの……）

私が免許を取ったのは、「歳を重ねてから取ろうと思ったら苦労するわよ！」という母の実体験からくる強い勧めによるものであり､車に対する愛着は希薄だったので、ラシェルの提案には正直腰が引けた。

「でも、左ハンドルでしょ？　日本は右ハンドルだし……」

「大丈夫よ！　そんなに違いはないだろうし、私が同乗するから。ここで運転できたら、滞在中にいろいろ出かけられるわよ！」

私の及び腰とは裏腹に、ラシェルは意気揚々としている。彼女は私が今まで出会った人のなかでも群を抜いて親切で善意の人だったから、私が一言「やめておく」と言えばそれ以上勧めることはしなかっただろう。

だが、そのときの私は何となく彼女の提案に乗ってみてもいいかな、と思ってしまったのである。

ラシェルの家に招待されたのは初めてではなかったので、少しだが近隣の状況については把握していた。車だけでなく、人とすれ違うこともまばらだった半面、家の隣の野原には野生のクジャクが時々顔を見せていた。

（たしかに、ペーパードライバーにはうってつけの環境かも？）

多少フラフラした運転でも人や物にぶつかる心配はないし、飛び出してくる子どもに神経を尖らせることもない。ハンドルの左右差はあるものの、ラシェルが隣に乗ってくれるのであれば安心だ。

運転する気もないくせに、何となく持っておくか、という理由で国際運転免許証を申請したのだから、経験として1回くらいは運転してみるのもいいだろう。

教習所に通った当時、興味がなかった故に車の仕組みをまったく理解しておらず、ハンドルは切った分だけ戻すという基本的なことすら私は知らなかった。そんな状況だったから、マニュアル講習とはいえ第一段階を4回も落とした。

免許取得後も日本の公道を走ったことさえない私が、大それたことを考えたものである。南仏の広大な大地が気持ちまで大きくしてしまったのか、はたまたラシェルの親切心に甘えてしまったのか。

こうして私は、左ハンドルデビューのときを迎えたのである。

週末だったので、ラシェルの小学生の娘・ベリンも後部座席に同乗することになった。

まず、ラシェルの運転で家からガタゴト道を通り抜け、道幅が広くなったところまで出てくれることになったのだが、いざ自分が運転する段になったとき、私はすっかり意気消沈していた。

ラシェルの隣でギア操作を見ていたのだが、教習所のそれとは違い、R・Nの文字や1~5の数字が書かれていない。しかも、ギアチェンジの際の目安というか、2速や3速などにわかれた窪みがない。というより、日本では窪みに当たる部分がスッポリと、トイレのラバーカップ（スッポン）のようなレザーで覆われている。目で窪みを確認できないということは、手の感覚だけでギア操作をしなくてはならないってこと?!　と段々焦ってくる（目視で窪みを確認するのはどうかと思うが、ペーパードライバーとしては目に見える形で確認したかった）。

ギア自体も日本のものより細くて長く、何となく不安定で操作しにくそうだ。ラシェルが

「徐々にスピードを上げて、ギアをこうして」

と運転しながら説明してくれているのだが、形状が違うというだけで慌てている私は、彼女の話がまったく頭に入ってこなかった。

（まずい……。教習所の車と違う！）

装備にも無関心だったので、友達の車に同乗したときなども、私は車内をじっくり見たことがなかった。基準が教習所の車なものだから、このギアの相違は結構ショッキングだった。

それにやっぱり、右ハンドルとの違いは大きかった。

今座っている右側でギア操作をしていたから、どうしても左手で動かしたくなってしまう。普段から車を運転している人なら、左手が右手に変わったところで大したこ

とはないのかもしれない。だが、十数年振りに車を運転する身としては、今までやってきたことと違うというだけで、まったく別の、わけのわからない代物になっていた。

「じゃあ、交代しましょうか」

ラシェルが車を道の端に寄せて停まる。シートベルトをのろのろと外し、重い足取りで外へ出て、左側へ回る。私は教習所で習ったことを思い出そうと必死だった。

座席に座ってみて、

（何だかシートが高い気がする……）

すぐに感じた違和感。欧米人とアジア人の、足の長さの差だろうか？　前後の調節はできるが、高さの調節ができず、最初から頭が真っ白になった。

それなのに、思い出したことと言えば、

「あんた、足が短いんじゃないの？」

教習所に通っていた頃、第一段階・モニター操作指導の教官から、シート調整に手間取っていた私がかけられた一言である。

……そんなことは思い出さんでもよろしい！

そういえば、あのおじいちゃん教官は、「僕もそうだから、僕がいつもやってる方法を教えてあげる」と、わざわざ持って来てくれたっけ。足の長さを補うためのクッションを。

……いやいや、そうじゃなくて、もっと車の操作に関することを思い出さんかいっ！

な～んとなく、クラッチペダルに爪先しかかかってなくない？　という疑問は感じなかったことにして、シート調整を終わらせる。

（えっと、たしか、ニュートラルに入っていることを確認するんだよね？　今の状態ってニュートラル？）

『N』の文字がないだけなのに、ややパニック。慣れない右手でギアに手を添え、左右に動かしてみる。

（な、何か感覚が違う気が……。これって左右に動いたのかしら？）

教習所ではギアの位置が腰より下にあったが、ラシェルの車では腰よりやや高い位置までギアが長く伸びている。動かしてみた感覚は、ニュートラルのところで動いたのか、ギア自体がグラグラしたのかわからなかった。

（え～、クラッチとアクセルを……）

半クラッチから少しずつ左足を上げる。教習所でもスムーズな発進ができていると褒められた記憶があったので、ちょっと自信があったのだ。あったのだが……。

ガクン！

エンスト。幸先悪い滑り出しだ。バックミラー越しにチラっと見えたベリンの顔に不安の色が浮かぶ。

「ゴ、ゴメンね。久し振りだから……」

慌ててもう一度やってみる。

(こ、今度は吹かし過ぎてない？)

ちょうどいい具合がわからず、エンジン音だけが大きくなる。何とか発進したものの、恐る恐る運転する私の気持ちを表すかのように、デコボコ道で左右に揺れる車。

「シホ、ちょっと右に寄ってるみたい」

対向車がないにも関わらず、反対車線から離れようと反射的に体が動いたようだ。ラシェルの運転にはない不安定さがベリンにも伝わったのだろう。

「ママ……」

後部座席でベリンがラシェルに呼びかける。その声は不安で震えている。

「大丈夫よ」

ラシェルがベリンに笑いかけるが、ベリンの表情は引きつったままだ。

「少しスピードを出してみて」

「はい！」

教習所でもないのに、強張った表情で教官ラシェルの指示に従う。

ギアチェンジしようとしたとき、うまく2速に入らず、車がガクガク揺れた。ただでさえ舗装道路ではないから、遊園地のちょっとした遊具並みに体が浮く。

「ママ！　私、怖い！」

ベリンがたまらず半泣きで叫んだ。

「ごめん！　ごめんなさい‼」

私も自分の情けない運転に耐えられず、ブレーキをかけたのだが、ギアチェンジしなかったため、またエンスト。ハンドルを握ったまま、しばし呆然としてしまう。ちらりとベリンの様子を窺うと、シートベルトをしっかり握ったまま硬直していた。

（うっ……。こんな小さな子を怖がらせてしまった……）

うなだれていると、

「もう何年も運転していなかったんでしょう？　久し振りだったらこれくらいは当たり前よ」

とラシェルが慰めの言葉をかけてくれた。

（せっかく運転させてくれたのに、何て不甲斐ない……）

席を交代し、ラシェルのスムーズな運転で家へ戻る。後ろを向き、

「下手な運転でごめんね」
とベリンに謝ると、まだ恐怖の余韻からか、半開きの口で
「ううん……」
と、か細い返事が返ってきた。

その後、ラシェルとベリンは私の運転について一切触れなかった。怖い思いをさせたにも関わらず、ベリンは私のことを嫌がったりしなかったし、その後も家にお邪魔したときには、いつも歓迎してくれた。

フランス滞在中、ラシェルは私を南仏の小さな村々にたびたび車で連れて行ってくれたが、この件以降、私に車の運転を勧めることはなかった。

「こういうところで暮らすんだったら、車が運転できないと困るよね」

あの日、運転した後で車を降りた私が肩を落としていたとき、ラシェルはこう言ってくれたっけ。

「大丈夫よ。あなたが運転できなくても、私たちがいるんだから。ここはあなたのフランスの家よ。いつでも来てちょうだい」

ある日、「だってばよ」の意味に悩む

外国人に日本のイメージを答えてもらうと、一昔前よりずいぶんバラエティに富んだ答えが返ってくるようになったと思う。そのなかでも『漫画・アニメ』は、スシやゲイシャと肩を並べ、日本の文化として海外でも根付いている。

私がフランスで知り合った人たちのなかにも、日本の漫画やアニメが好きという人がたくさんいたし、質問もそれなりに受けた。マルティヌもそのうちの一人だ。

彼女はトトロが大好きで、いくつかのグッズを学校に持って来ていたし、生徒にも学校で映画を見せたりするくらい、この作品を愛していた。私もインターン期間中、生徒と一緒に映画を見たが、彼女は毎回初めて見るようにトトロを楽しんでいた。

そんな彼女から、自分の講義時間を使って、アニメについて話をして欲しいと頼まれたのである。

「結構、アニメについて興味を持っている生徒が多いのよ。本当はあなたにいろいろ聞きたいはずだけど、なかなか話す機会がないから、みんなの前で話してもらえる?」

(しまった！)

瞬間的に私はそう思った。

お茶や習字、着付けなどについては講義も実践形式もできるように準備をしてきたのだが、アニメについてはまったく考えていなかった。他のことで手一杯ということもあったし、そもそもアニメについてはあまり詳しくなかったので、手を付けずに済むなら……と避けてしまっていたところもあった。

そこへ来て、アニメの講義。資料も映像もナシ。しかも1週間くらいしか準備期間がない。

（何を、どうやって話そうか？）

日本アニメ史？　壮大すぎる。

私の好きなアニメ？　そこまでハマっているものがない。

（う〜ん、本当にどうしよう?!）

散々迷った挙句、海外で知られるようになった日本のアニメを（かなり大まかに）取り上げてみるか、という結論に至った。そうすれば、前はこういう作品が有名だったけど、今はどんなアニメが流行ってるの？　へぇ〜、そうなんだ！　的にお互い会話しながら進められるかもしれない。

アニメに興味がない生徒にしても、私一人でベラベラ（というより、しどろもどろ）喋ってるより退屈しなくて済むだろう。

そうしようと決めたまでは良かったが、何せ、私自身にアニメの知識がない。最初に知られるようになった作品って？　その後、どんな作品が有名になったの？　など、

（誰か、私に教えて～！）

早々に行き詰まる。

1時間ほど話すことを考えると、作品を羅列するだけではなく、その作品について話を膨らませないと間がもたない。かといって、インターネットで日本語検索ができない環境だったし、パリとは違って大型書店などはない地域である。やっと探し出した情報も、講義用にフランス語で文章を考えなくてはならない。

（大変なことになってしまった……）

日本で簡単に得られる知識が海外ではそうはいかないことにあらためて気付かされる。詳しくないからやらなくていいか、と事前準備をしておかなかったことを後悔することになった。

情報収集の際、困った悩みが他にもあった。日本での作品名とフランスでの作品名が異なっていて、元の作品が何なのかわかりにくかったことだ。

たとえば、『聖闘士星矢』は『レ・シュバリエ・デュ・ゾディアック』、『シティーハンター』は『ニッキー・ラーソン』。

『聖闘士星矢』は、私も日本で初めて題字を見たとき、「せいとうしほしや？」と読んだので、フランスでの作品名も致し方なし……と思えるのだが、『シティーハンター』はそのままで良くないですか？

マルティヌから「知ってる？」と聞かれたとき、「何それ？」と言ってしまったのだが、シティーハンターだとわかったときは「何で⁇」と疑問が深まってしまった（フランスでは主人公が『冴羽獠』ではなく、『ニッキー・ラーソン』という名前だからとのこと）。

それでも何とか情報を集め、資料としての体裁だけは整えられたところで、講義当日になった。２クラス連続で受け持つことになっていたのだが、最初のクラスから緊張ＭＡＸ！

生徒を前に話すのは学生のときの教育実習以来だ。あのときも中学生や高校生相手に話をしてきたのだ。対象がフランス人という違いはあるが、高校生であることに変わりはないじゃないか！

（ここまできたらやるしかない！）

マルティヌに連れられ教室に入った私は、教壇の前で武者震いした。マルティヌが私のことを紹介すると、生徒が一斉に私を見る。日本の高校生は目を合わせたり、顔を見上げることだってしない生徒が多かった。フランスでは目を合わせることが礼儀とあって、全員の視線が私に注がれる。

（うっ、すごいプレッシャー！）

どこに目をやれば良いかわからず、空を見てうつろな表情になる。すでに頭は真っ白だ。マルティヌが教室の後ろに下がり、一人教壇の前で立ち尽くす。生徒の視線は私にロックオンされたままだ。

とりあえず、手塚治虫先生の『鉄腕アトム』から話を始めたのだが、原稿から顔を上げられない。クラスの反応を見て、話を振ったりできそうだったらやってみようなどと思っていたものの、原稿から目を離すと、どこを読んでいたかわからなくなり、固まる始末。やっとの思いで話を振ってみたが、生徒からの反応はなく、一人原稿を読み進めるだけになってしまった。予定よりも早い時間で終わり、マルティヌが

「何か質問は？」

と助け船を出してくれたにも関わらず、質問もナシ。最初のクラスはヘコむ結果となった。

切り替えが早いのだろうか、それとも単純なだけなのか？

（ま、フランスの高校生も冷めてるってことだわね）

日本の高校生もツンツンしてたっけ。声をかけられたから返事したのに「呼んでねーよ！」って言われたりしたもんね。そういうお年頃！

それに、教育実習のときも最初のクラスで実技を失敗したあと、「あの先生、鈍そう」と体育教師としては屈辱的な一言を食らったけれど、次からのクラスはすべて成功させたじゃないか！　さあ次、リベンジすべし！

（あれ、何か、うまくいってない？）

うんうん、と頷いてくれる生徒や、笑ってくれる生徒。さっきのクラスにはない反応が、このクラスにはある！

1回目で目も慣れたのか、原稿から目を離しても次の話題へスムーズに進められている。『ＡＫＩＲＡ』『藤子不二雄作品』『ドラゴンボール』『ガンダム』『キャプテン翼』『めぞん一刻』『スタジオジブリ作品』、みんな興味を持って耳を傾けてくれている様子に私も調子づいた。

2クラス目は頃合いの良い時間まで話を続けることができ、「終わります」と告げたときには生徒から拍手までもらってしまった。

また、マルティヌが「何か質問は？」と生徒に振る。今回も何もないかもな、と思っていたら、手を挙げた男子生徒がいたので正直焦ってしまう。

（答えられない質問だったらどうしよう?!）

さっきまでは、さあ、何でも聞いてください！　みたいな顔をしていたくせに、何を言われるかドキドキしてしまう。

「あの、ＮＡＲＵＴＯが毎回『だってばよ』って言うのは、どういう意味があるんですか？」

……はい？

（ナルト？　たしか忍者なんだよね？　『だってばよ』って毎回言うの？　何で？　意味？　私が知りたい！）

まさかの質問にまた固まる私。

（断定の助動詞『だ』？　いやいや、『だってば』で前述の言葉を主張・強調して『よ』で念押し？　ナルトは自信家なのか？　それとも『だってばよ』ひとまとまりで方言？）

頭の中が渦巻き状態だ。どうやら、声にも出てしまっていたらしく、

「方言なのかな……」

という呟きに

「何ですか？」

と畳みかけられ、つい、

「多分、彼の口癖です」

と言ってしまった。

そうなの？　みたいな顔をしている男子生徒に気まずくなる。

（おいおい……。意味を聞かれたんだよね？　それじゃ答えになってないでしょう！　それに、知らないなら知らないって言おうよ。間違ったことを伝えちゃイカンでしょう！）

心の中で自分にツッコミを入れながら、

「方言とか、いろいろ考えられることもあるので、調べておきます」

と付け加えておいた。ありがとうございますと、笑顔でお礼を言ってくれる男子生徒。

（適当なこと言ってスミマセン……）

その後調べてみて、彼の口癖という回答は誤りではないようだった。しかし、意味としては頭がぐるぐるしていたときに考えていたこと、どれが適当なのかわからなかった（岸本斉史先生ご出身地の方言だという説もあった）。

男子生徒には調べたことをそのまま伝え、詳しいことはわからなかった、と謝ったところ、大したことじゃありません、とあっさりしたものだった。その程度だったんだ。私は間違ったことを言ったかもとか、正しいことを伝えなきゃ！　って一人でモヤモヤしちゃった。大したことなくて幸いです……。

このアニメ講義以降、何人かの生徒からアニメについて話しかけられるようになった。ある女子生徒からは

「攻殻機動隊のビデオがあるから家に泊まりに来ない？」

と誘われ、フレンチＪＫのお部屋に一晩お邪魔し、年甲斐もなく女子バナに花を咲かせた（と言っても、アニメキャラについて彼女が一通り熱弁し、私は聞いていただけなのだが）。

また、別の女子生徒は

「私はサンジが好き！　フィギュアも持ってるの！」

とうれしそうに話してきたが、ワンピースの登場人物をよく知らなかった私は、

（サンジって日本人？）

と名前から想像し、ポスターを見せられたときに刀を差している人物がいたことか

ら、しばらくの間、ゾロをサンジだと思っていた。

ホームステイ先でも、当時公開されていた『ハウルの動く城』を末娘と一緒に見に行ったし、『紅の豚』を借りてきて子どもたちと見たりもした。

そしてやっぱり、日本でもフランスでも思うことはみんな同じですね。

「ケンシロウの服はどうやって再生するのか?!」

誰かが縫ってる説（細かすぎて大変な手間です）、同じ服が何着もある説（いったい何着持ってるの?）、所詮はアニメだから説（それ言ったら終わりでしょう）、議論好きのフランス人らしく、みんな持論を延々と話していた。

こうして、日本のアニメを通じてフランスの高校生との交流が少し深まったのだが、アニメ好きのフランス人に
「私、アニメにはあんまり詳しくなくて……」

と話すと、大抵は「信じられない！」という反応が返ってきた。

あれだけすごいモノを作っているのに何で興味ないの？　日本の素晴らしい文化なのに！　日本人はアニメに誇りを持っていると思っていた！　などなど、日本のアニメ愛に溢れるフランス人たちを目の当たりにすると、日本文化を伝えるインターン活動を行う身として、たしかに勉強不足でした……と反省したのだった。

ある日、あの鐘を鳴らすのは……

私は焦っていた。時刻は0時をとっくに回っている。暗闇でドアの前をモゾモゾ、周囲を窺いながら中に入ろうとしていたら、通報されても文句は言えないだろう。断るまでもないが、不法侵入しようとしていたわけではない。ホームステイ先のドアがどうやっても開かないのだ！

私はこれまでにも、ホームステイや独り暮らしでフランス住居の鍵をいくつか扱ってきたが、2、3の鍵で開錠に苦戦したことがあった。古い建物にそのまま暮らす人が多く、鍵がアンティークであることや、防犯上の観点から開け方が複雑になっていたりすることが理由だと思う。

今回のステイ先であるRDP家の鍵もアンティークなものだった。最初に鍵を受け取ったとき、私は過去の失敗談（独り暮らしの際、防犯対策が施されたドアがどうやっても開かず、お隣さんに泣きついた）について話をしておいた。

そのため、マダムは丁寧に開け方を説明してくれたのだが、案の定、自分一人で開けてみようとすると、1回では開かなかった。

「ドアも鍵も古いから、私たちでもときどき開かないことがあるのよ。でも、開かなかったらこの鐘を鳴らせばいいわ。誰かが開けますからね」

ＲＤＰ家の玄関先には、電子チャイムではなく鐘が付いていた。大人が被ったとしてもすっぽり首まで入ってしまいそうな大きさだったので、力いっぱい鳴らせば屋敷中に響きそうだった。

余談だが、ＲＤＰ家はちょっとした豪邸に住んでいて、３メートルはある鉄扉を入ると、屋敷まで50メートルほど車寄せが続き、その左右に広い庭とプールがあった。庭には松の樹が並び立ち、外から屋敷を隠すのに一役かっていた。先日、ムッシューと一緒に薪割りをしたが、寿命を迎えた庭の樹々が人の暖を取れるくらい生い茂っている。ときどき、渡り鳥が舞い降りるこの広い庭をマダムは丁寧に管理していた。

季節の花々やオリーブをプランターや鉢に植え、屋敷と並行して庭の縁石にいくつも据えては、窓辺から眺められるようにしつらえていた。庭の片隅には、ムッシュー手作りのブランコがあり、ときに風に揺られ、ときに子どもたちの憩いの場となっていた。

私が日本で通っていた幼稚園よりはるかに広い面積を誇っていたので、小さな小学校くらいの敷地があったのではないかと思う。お客様や宅配の方が来たとき、あるいは食事の支度が整ったときなど、この鐘の音を聞くことがあったので、日常的に使われていることは理解していた。

私が下手なのかドアが気紛れなのか。

毎日開け閉めしているのに、普通に開くこともあれば、なかなか開かないこともあった。それでも誰かが家の中にいるときには気付いて開けてくれたので、私が鐘を鳴らすことはなかった。


そこにきて、この事態である。よりにもよって、真夜中。

「開かなかったら、この鐘を鳴らせばいいわ」

(マダムはああ言ったけど、みんな寝てるだろうし……。自分の事情で遅くなったんだから、それは申し訳なさ過ぎる!!)

自分の事情。そう、この日はクリスマスが近く、学校内で教員たちがパーティーを開いたのだ。このパーティーへの彼らの意気込みは相当なもので、水を抜いたプールにテーブルと椅子を運び、クリスマスの飾りつけをして気分を盛り上げていた。食事も、学食のシェフが一人ひとりにコース料理を提供してくれ、きちんと座って歓談しながら楽しめるようになっていた。

食事が終わると解散となり、翌日も出勤する予定だった私は早く失礼したかった。しかし、普段通勤に利用しているバスの最終はとっくに行ってしまった時間だったので、ステイ先方面を通って帰る女性教員の車に乗せてもらって帰ることになっていた。だが、彼女はなかなか切り上げようとしない。

フランス人あるあるで、お開きになった後も結構長い時間、その場でまったり話を続けることが多く、彼女もグラス片手にずっと談笑している。私はいつになったら彼女が帰る気になるのかやきもきしながら、じっと待ち続けた。

「さあ、行きましょうか」

待ちに待った言葉をかけられ、私は子犬のように踵を返し出口に向かおうとしたが、別の教員から話しかけられた彼女は、コーヒーを手にして話を続けようとしている。

（サクっと終わりにせんかい！）

おやつに「待て」をかけられた犬同然に、私の目は帰りたくてランランとしていた。

「さ、お待たせ。私の車はあっちよ」

飲酒後の運転。フランスでは血中のアルコール濃度が基準を超えなければお酒を飲んでいても運転が許可されている。

「1、2杯ワインを飲んだだけだから大丈夫よ。さっきコーヒーも飲んだし」

そんなことを言っているが、これまたフランス人あるあるで、彼女は中告以上のアルコールを摂取していた。「飲んだら乗るな！　乗るなら飲むな！」で育ってきた日本人にはヒヤヒヤする状況だ。その日の私は彼女より酒量が少なく、一応、国際運転免許証も携帯していたので、運転できるのであれば私が代わったほうが良いのかもしれなかった。でもちょっと前にフランスで運転を試してガックリきたばかりだったので、

「お、お願いします」

彼女に運転を託し、助手席に乗り込む。音楽を掛けて鼻歌交じりに運転する彼女の横でずっと硬直していた私は、15分くらいのドライブなのだが、その間中、

（どうか、無事に家まで着きますように！）

と祈り倒していた。

祈りが無事通じたのか、何事もなく家の前まで到着。お休みの言葉とビズを交わし、彼女が去っていくのを少し見送ってから、鉄扉の電子錠を解除し、中へ入る。ガシャーンという音を立てないよう、そっと扉を閉め、ジャリッジャリッと足音を立てながら車寄せを歩く。

静かな空気の中、足音がいつも以上に大きく聞こえ、近所の犬が吠え始める。あまり騒がれたくなかったので、何となく抜き足差し足忍び足（そのほうが怪しい）。

玄関に到着し、鍵を取り出す。アンティークな鉄製の鍵は大きくずっしり重いので、キーホルダーなどなくてもカバンのどこに入っているかがすぐにわかる。

（やれやれ、長い一日だった……）

ＲＤＰ家でお世話になるようになって1か月弱。ドアも高い確率で開けられるようになっていたので、私は少し油断していた。ガンッというドアの衝撃に

（あれ？　開かない⁈）

少し焦ったが、落ち着いてもう一度試してみる。

再びガンッ！

ええ〜い、落ち着け落ち着け！

ガンッガンッ‼

何で何で何で？

ガンッガンッガンッ！

（だめだこりゃ……）

その後も、いったん鍵を抜き、肩を上下して息を整えてみたり、祈ってからチャレ

ンジするなど、何の意味もない動きをしながら数十回開錠を試みたのだが、ドアはびくともしない。どうやら、安全運転の祈りで今日一日の運を使い果たしてしまったみたいだ。

（これはもう、鐘を鳴らすしかないのでは？）

迷った挙句、私は鐘を鳴らさないことにした。夜中に一家を叩き起こすようなことはしたくなかったし、足音で犬が吠えるくらいだから、近所にも迷惑だ。火事などの緊急事態と勘違いして飛び出してくる人がいるかもしれないし、後で理由を聞いてくるご近所さんがいるかも知れない。

「あなたが受け入れている外国人、大丈夫なの？　夜中に帰って来て迷惑をかけるなんて」とか、「鍵も開けられないなんて、日本人は手先が器用だったんじゃないのか？」とか、噂になったらどうしよう⁈　小さな街だから噂はすぐに広まるだろう。うっ、日本の恥！

（こうなったら、どこか開いている場所から入ろう！）

とうとうドロボウまがいの発想をしてしまう。

（いくらステイさせてもらってるからって、ドアじゃないところから入るってのはどうなのさ。それこそ、見つかったら通報・日本の恥‼）

心の葛藤はあったものの、冬の寒さも手伝い、早く中へ入りたい一心で屋敷の周りをウロウロしてみる。

（窓はムリだよね……）

防犯や防寒、防風のため（装飾の要素もある）、窓には観音開きのカラフルな木扉があり、夜間はしっかり閉じられていた。勝手口のドアにもがっちり鍵がかかっている。車や自転車を入れる車庫には入ることができたが、屋敷とはつながっていない。

（屋敷とつながって……。そうだ！）

そのとき、私は温室のことを思い出した。一家は食後の時間などに暖炉のある広間でテレビを見たりして寛ぐのだが、その広間とドアでつながった温室があった。ガラス張りの温室には背の高い観葉植物が置かれ、冬でも緑に溢れていた。一家は水をやるために広間のドアから出入りしていたのだが、マダムが

「この間ドアを閉め忘れたわね？　窓が開いているんだから気を付けてちょうだい！」

と末娘に話していたのを思い出したのだ。

（あそこから入れるかも?!）

私は温室の前に行き、ガラス窓の一部が開いていないか見て回った。

（やった！　開いてる‼）

なんてラッキー！　温室の窓の一部が開いていたのだ。まだ天は私を見捨てていなかった‼　だが、開いていたのは私の身長より高いところ。背伸びしても、窓から入るのはムリそうだった。

（何か足がかりになるものは……）

適当なものはすぐに見つかった。直径1メートル以上はある、オリーブの木の鉢。高さは70センチほど、これに乗れば窓にも届きそうだ。窓際までその鉢を引きずっていく。

（お、重い！）

ゴリッゴリッと摩擦音がして、綺麗に掃除されている屋敷の敷地に、鉢を引きずった跡ができる。

（傷ついてたらどうしよう？）

怒られるかな？　と不安に思いながらも、窓際まで寄せられたので、鉢の上に足をかけた。

（よし、行けそう！）

窓枠にお腹を乗せて、少しずつ体を中に入れていく。あまり足をバタバタさせるとガラスに当たって割れてしまうかもしれないから、上半身の力で下半身を持ち上げる。

(絶対、ダイエットする!)

下半身がなかなか持ち上がらず、全体重がお腹に乗って別の意味で腹筋が割れそうになったので、そう決意。そろりそろりと窓に這いつくばって、何とか右足が窓枠にかかった。右足を軸に体を反転させ、高さを確認してから温室へ飛び降りる。

侵入、成功!

(ドアは開いてるかな?)

ガラス張りなので月明かりで室内は思ったより明るい。すぐにドアを確かめたが、

(開いてない〜!)

ここまで来て、ドアが開いていない事実にショック倍増。どうやら、末娘はその後マダムの言いつけをしっかり守っていたようだ。さらに、

(もう力が入らない……)

中に入るために上半身の力を使い果たしていたので、また同じ労力を使って出戻る気にはなれなかった。

(仕方ない、今夜はここで寝よう!)

ありがたいことに、温室には鉄製のベンチと、クッションが1つあった。ベンチは

硬いが、ぜいたくは言っていられない。クッションを枕に、持っていたストールをブランケット代わりにして横になる。

天井のガラスに月光が反射し、葉がつややかに輝く。手入れが良いのだろう、7・8鉢くらいある観葉植物はどれも幹や枝葉までしっかりしていて、立派だった。タイル張りの床や鉄のベンチでなかったら、屋外の木々の間に横たわっている気分になれただろう。

(朝、どうやったらここにいることに気付いてもらえるかな?)

朝食はみんなバラバラで、取ったり取らなかったりしているから、私がいなかったとしても不思議に思われない。そもそも、パーティーがあったことを知っているから、昨日は戻らなかったと思われるかもしれない。もし広間にずっと人が来なかったら?

(今、考えても仕方がないか)

疲れていたので、考えるのをやめて目を閉じる。眠い。眠いけど、なかなか眠れない……。

寝たのか寝てないのかわからない時間が過ぎ、外が真っ暗から薄暗くなってきた頃。

(んっ? あの音は?!)

バタンと木扉の開く音。マダムが木扉を開いて回っているのだ！

（そうだ、窓から顔を出したら、マダムに気付いてもらえるかも！）

私はベンチを窓まで運び、その上に乗ってみた。肩から上がかろうじて窓の外に出る。背伸びして見ていると、マダムが木扉を開け、壁の杭に引っかけていた。

（こっちを向いたときに呼びかけてみよう！）

何て叫ぶ？　オスクール（助けて〜）？　ボンジュール？　……なんか違うな。

そうこうしているうちに、マダムがまた顔を出した。

「マダーム、マダーム！」

結局シンプルに名前を呼ぶ。

どこから聞こえてきたのかわからない声に、マダムはキョロキョロ辺りを見渡していたが、こちらに目が留まり、片手をひらひらさせて顔を半分出している私に気付いたようだ。

「シホ？　あなたなの？」

「そうでーす！」

「何でそんなところに？」

「……」

マダムの顔が引っ込む。木扉を開けるのを中断して、こちらに来てくれるようだ。

（良かった～。思ったより早く気付いてもらえて……）

足早に歩いて来る音が聞こえ、ガチャッとドアが開く。

「シホ?! あなた一体何してるの？」

「いや、昨日、ドアが開かなくて……。窓から入りました」

うつむいてボソボソ話す。本当はもっと山ほど説明したいことがあったが、申し訳なさと情けなさで原因と結果を伝えるだけになってしまった。

「ここで一晩過ごしたっていうの？」

「ハイ……」

「まあ、何てこと！ こんなところで！ 体は痛くない？ 寒くなかった？ 今からベットに横になりなさい！ 学校には連絡しておくから今日は休んでゆっくりして！」

（いや、大丈夫です。野宿したわけじゃないし、体調も変わりないから学校休まなくても……）

マダムの温かい反応に戸惑いながら、窓から入ってすみません、と伝えると、

「そんなことより、どうして鐘を鳴らさなかったの？」

と問いただされる。

「夜中だったし、みんな寝ていると思ったから……」

「そんなこと、気にする必要はないのよ！　子どもたちだって夜中に鐘を鳴らすんだから、遠慮しなくていいの！」

子どもと同じように考えてくれてうれしかった反面、いい大人が窓から侵入って、と、あらためて恥ずかしくなる。

結局、マダムの強い勧めにより、午前中は学校を休み、午後から出勤することになった。マダムが学校へ連絡してくれると言っていたので、どんな風に伝わったのか気になっていたのだが、

「昨日大変だったみたいね。窓から侵入？」

さっそくマリーにからかわれる。

（そのまま伝わってるし～！）

「まあ、あのお屋敷は侵入したくもなるわね」

ククク ッと笑うマリー。

（結局、日本の恥をさらしてしまったじゃないか～！）

何も言えずにいると、

「何かあったら電話しなさい。時間とか気にしなくていいから」

ツンデレな対応に、思わず泣きそうになる。ううっ、姉さん、あなたについて行きます！

その日、RDP家に戻るとムッシューが
「シホ！　僕は怒っているんだ！」

と腕組みして怒った顔をしている。

(や、やはり窓から入ったこと？　鉢で地面に傷がついちゃったとか？)

何を言われるんだろう、と窺っていると、

「次からは鐘を鳴らしなさい！」

とマダムと同じ反応。

(えっ、そっちですか？)

「鍵が開かなかったら鐘を鳴らすこと！　いいね、約束だよ！」

「は、はい、わかりました」

私が約束すると、ムッシューは満足そうににっこり笑った。それだけではない。

「バスはあまり本数がないし、最終も早いから、うちの自転車を使ってもらってはどうかしら？」

「そうだな、毎回誰かに送ってもらえるとは限らないから、そのほうがいいね」

マダムとムッシューの提案により、一家で使われなくなった自転車1台を貸してもらえることになった。私としても、バスの時間を気にしなくて良いし、自転車があれば少し遠出ができるのでありがたい提案に感謝！

それからの日々、風雨が強くない限り、私は自転車通勤に変更した。帰宅時間も、パーティー以降は早く帰るようにしたので、鐘を鳴らすことは一度もなかったのだけれど。

もし、鐘を鳴らす事態になっていたら？　ご近所さんが迷惑がったかな？　アッコさんのモノマネでもしたら許してくれるだろうか？　フランス人には通じないだろうから、やはり日本の恥になるようなことはやめておこう……。

ある日、新聞の耐えられない軽さ

南仏の私立高校でインターンを開始してから数か月後、私は新聞社から取材を受けることになった。もちろん、悪いことをしたわけではない。

その私立高校で日本クラスが開講されたのは初めてだったので、マリーが各地方新聞に取材しに来ないか打診してのことだった。

「記者があなたを取材しに来るから、準備しておいてね」

すごくシンプルな伝達。元々口数の少ないマリーではあったが、

（えっ、いつ？　どこで？　どのくらいの時間？　何をすればいいの？）

と私の頭の中は複雑になる。一つひとつ聞いてみたものの、わかったのは日時くらい。

「どれくらいの時間をかけるのかは、あなたが何をするかによって違うんじゃない？　もっとも、記者が取材するのはせいぜい数分だと思うから、あまり時間のかかることはできないと思うけど」

はい、ごもっともです。密着ドキュメンタリー番組でもない限り、長時間取材されるなんてことはないですね。要は記者が来る時間に合わせて、はい、私はこんなこと

やってます～ということを一番効果的な方法で披露できたらいいんですよね？

（う～ん、こりゃ、準備大変だわ……）

昔から母には『段取り8割』と言われ、インターンをするにあたっても準備には余念がないようにしてきた。だが、この数か月のフランス滞在において、日本とは勝手が違うことも理解していたので、ちゃんと滞りなくできるかしら？　と私は一抹の不安を抱くことになる。

まず、何をするかについては、お茶会にしようと決めた。

日本クラスでは日本語をはじめ習字や折り紙、切り絵、着物、俳句、将棋、お香などについて取り上げてきたが、座学よりデモンストレーション形式のほうが絵面的に良さそうなこと。お茶会であれば着物を着たり、周囲に作品を置くなどして、他のことも併せて見てもらえそう、と思ってのことだ。

しかし、お茶会にするにはいくつかクリアしなくてはならない問題があった。まず、どうやってお湯を沸かすか。マリーに相談したところ、「火を使うのはダメ」とあっさり却下されそうになったので、「電気ポットで大丈夫」「長い時間使うわけではない」とお願いしてＯＫしてもらう。

次に開催場所。教室は当然机と椅子が並んでいるし、教員それぞれに部屋が割り振られていて各自で管理している。準備・後片付けの手間や、教員のスケジュールを確認して個別に依頼するのが難しそう（自分の教室を使われることを嫌がる教員も少なくない）という理由から、休み時間に教員が集まるカフェスペースを使わせてもらうことにした。

最後に、参加者をどうするか。私としては、日本クラスを受講している生徒に参加してもらいたいと思っていた。開講直後は40名程の席がすべて埋まり、もう座れないから、と受講を断ったくらい大賑わいだったのだが、継続して来てくれた生徒は3人。日本のアニメが好きでいつか日本に行きたいと考えているオロレ。受講してから日本に興味を持ってくれたジェロームとマシュー。せっかくの機会なので、この3人にはぜひお茶会に参加してもらいたかったのだが、カフェスペースの使用が生徒の参加において最大の壁となってしまった。

このカフェスペースは、教員が講義の合間などにコーヒーや菓子片手に雑談していて、みんな思い思いに過ごす自由度の高い場だった。コピー機があるので講義資料を準備する教員もいたが、私が日本で教育実習を経験した学校の職員室のような『仕事場』の雰囲気は皆無だった。

電気ポットがあることや、お茶菓子を提供しても問題なさそうであることから、お茶会開催にはとてもおあつらえ向きに思えた。だが、あくまで教員のスペースなので、生徒は常時立ち入り禁止だったのだ。

教員に用があっても許可がないと生徒は中に入れず、外で話をするようになっていた。コーヒーを飲んでまったりしているようでも、教員が「今はダメ」と言ったら生徒は出直すしかなく、生徒と教員の立場がはっきりわかれていた。

そんな場所に生徒を入れてお茶会を開けるのか。

どうやら一部の教員からは「落ち着かないから別の場所でやって」「前例ができると他の生徒への示しがつかない」という理由でお茶会開催や生徒の入室に反対する意見もあったようだ。

私はディレクターに報告するADのような気分で、「生徒には取材の時間だけ入ってもらいます」「みんなの邪魔はしません」「終わり次第原状回復します」「敷物を敷きます」「お湯をこぼしたり床を汚したりしません」「タオル用意しておきます！」と、いろいろな予防線を張り、マリーから教員を説得してもらえるようにお願いした。

しかし、マリーでもすぐにＯＫをもらえなかったようで、プロデューサーならぬ校長の最終判断となった。

マリーから聞いた話では、最初校長は取材を受けるのは結構だが、教員の反感を買うようなことはやめて欲しいという雰囲気だったようだ。しかし、文化交流に積極的な高校という対外的なイメージのほうを重要視したらしく、まさしく鶴の一声で、カフェスペースでの生徒参加型お茶会の開催が決定したのである。

取材当日となり、さて、準備に取りかかろうと気合を入れた矢先、マリーから「今日の取材はない」と告げられた。これまた、シンプルに。

（どういうことか、もうちょっとだけ説明して〜！）

私の頭の中はどんどん複雑になっていく。

（取材なんて言われて舞い上がっていたけど、平和で穏やかな地方だから取り上げるような大きな事件もないし、暇つぶし程度に思われてたのかな？　日本のお茶会なんかより、『ミストラルが停車中の車を直撃！　横転したまま15メートル移動』とかのほうがよっぽど生活に根付いてて興味を惹かれる記事なのかも……）

とうとう起こってもいない天災まで考えてしまって、いやいや、妄想しすぎでしょう、と我に返る。

どうやら、記者が緊急の取材で来られなくなったため、別の日にあらためて取材してもらえることになったらしく、少しだけホッとする。

今回、母にお茶会のことを話したところ、南仏では和菓子を手に入れにくかろうと、日本から主菓子、干菓子とともに送ってもらっていたのだ。お高いＥＭＳ（国際スピード郵便）で。

お菓子はみんなで食べることができるけど、取材がなかったと伝えるのは高い料金で送ってもらった手前申し訳ない。何より、勇み足だった自分が恥ずかしい！


そして日程調整の後、再び取材当日。

朝から、「今日は来い～、今日は来い～！」と念じて学校へ。前回は直前に聞かされたので、「今回はあるのか？　ないのか？」とギリギリまでやきもきした。マリーから「来るから」と告げられ、安心したのも束の間、急いで準備に取りかかる。

まずは生徒の着替え。私は男性用と女性用の浴衣を何着か日本から持って来ていたので、お茶会で生徒に着てもらおうと思っていた。事前に3人に話をしたところ、お茶会の時間に授業があってジェロームは参加できないということだったので、男女1組分しか学校へ持ってこなかった。

だが、当日になって、授業を休んでお茶会のほうに参加したいとジェロームから申し出があった。本当は3人全員で参加して欲しいと思ったが、あいにく浴衣を取りに戻る時間がない。彼には申し訳ないが、理由を説明し、お茶会の様子を見ていてもらうことになった。

マリーに自習室を開けてもらい、2人の着付けを済ませる。2人にはカフェスペースの前で待機してもらい、あまり大きく動かないで！　と念を押しておく（私のへっぽこ着付けでは、派手に動かれると着崩れ必至だった）。

カフェスペースの一部をパーテーションで区切り、床には日本から持参していた折り畳みのござを敷く。パーテーションには、まだ受講生徒が40名だった頃、インターネットで検索した俳句の中で自分が気に入ったものを習字の時間に書いてもらった作品を飾った。ござの上には、生徒と一緒に作った折り紙のくす玉を置いてみた。

インターンを始める前、茶道にしろ着付けにしろ、免状も持っていないただの素人がやっていいことなんだろうかと悩んだことがあった。そんなとき、送り出してくれた方から、「難しく考えなくていい。日本文化に触れるきっかけとして、今まで経験してきたことを伝えていけばいい」と言ってもらった。

それに甘えたつもりはなかったが、その言葉は今回のお茶会が正式な作法に則っていないという後ろめたさをいったん忘れさせてくれた。見てくれる人に、日本文化のほんの端っこに触れたとでも思ってもらえたら……。

カフェスペースには教員が溢れ返っていて、いつもの通り雑談をしていた。狭いスペースにパーテーションがあるため、ときどき誰かがぶつかっては
「痛い！　何でこんなものがあるの⁈」

と迷惑そうにつぶやき、パーテーションの裏に私がいることに気付くと、やれやれ、今日はあの子が何かをやる日だったわね、と肩をすくめていた。

（うれしくない状況かもしれないけど、今日は許可もらってるからやらせてもらいます！）

反応は気にしないよう、開き直っていたところ、記者が到着したとマリーが知らせに来た。30代くらいの男性記者で、穏やかそうな雰囲気。異文化にも理解を示してくれそうな人柄に見えた。

ずっと待機で退屈そうにしていたオロレとマシューをカフェスペースに招き入れる。

「おい、生徒は入っちゃダメだろう！」

と男性教員が2人を引き留めたが、マリーが
「今日は取材があるって校長が言ってただろ！（って、すごんで言ったように聞こえ

た）」

　と一喝。マシューは男性教員の前でふふん、とちょっと胸を張ったように見えたので、私も俄然勇気が出てきた。

「これからシホがお茶会を開くから、興味があったら見て！」

　マリーが教員たちに呼びかける。全員に歓迎されているとは思っていなかったけれど、ちらっと見ただけで背を向けたり眉をひそめたりして近寄っても来ない教員がいると、やはり少し悲しくなる。でも、

「これはどうやって使うの？」

　と茶筅を手に取ってみたり、泡立ったところを見て
「まるでカプチーノね！」

　と驚いてくれる教員や、

「草っぽい……。エピナール（ほうれん草）みたいな味」

と、ストレートに美味しくないという表情をする教員など、良くも悪くも反応してくれるとうれしい。

（良かった……。無関心な人ばかりだったらやりきれなかった）

　本当は生徒にお茶を振る舞う予定が、間近で泡立てるところが見たい、飲んでみた

いという記者や教員が目の前にしゃがんで順番を待つ結果となり、予想以上に慌ただしくお茶を点てること数回。

私の口数が少なくなると、横でオロレとマシューが代わりに周囲の人と話をしてくれた。

「講義は楽しい？」

「はい。知らないことばかりなので興味深いです」

「いつか日本に行くためにいろいろ知りたいです」

記者の質問に答える２人。私にも、どうしてフランスに来たのかなどいくつかの質問をした記者は、15分ほどの滞在で帰って行った。

「あなたの記事が出ていたわ」

取材から結構時間が経っていたある日、ラシェルが新聞を持って来てくれた。いつものラシェルだったら、抑え切れないという笑顔で新聞をバーンと私の前に広げ、「ほらほら、新聞に載ってるわよ！」と、自分のことのようにはしゃぎそうなものなのだ。

しかし、今日の彼女は何となくテンションが低く、気まずそうな雰囲気を醸し出している。

（何かあったのかな？）

私が状況を図りかねていると、とても残念だけど、と彼女は続けた。

「あなたの名前が間違っているのよ」

（な、何ですとぉ〜！）

取材相手の名前を間違える……。やっちゃいけないミスじゃないですか‼

愕然としている私の気持ちを察してか、

「写真はとてもいいのよ。良く写ってるわ」

と慰めの言葉をかけてくれるラシェル。見せていいものか？　という表情で新聞を差し出す。

写真は私がお茶を点てているところを正面から撮ったものと、お茶会の場全体の様子を撮ったもの２枚。写真も文章も思っていたより大きなスペースを割いて紹介してくれていた。

（なになに？　日本時間の高校……）

その後の小見出しを見て、私はガックリと肩を落とした。

（たしかに、名前が違う！）

私の名前は「シオタ」で紹介されていた。想像するに、フランス人はHを発音しないため「シホ」が「シオ」になり、さらに名前と苗字をくっつけて一つの名前と思ったのだろう。

小見出し以外にも名前を出してくれているのだが、すべて「シオタ」になっているので、写真がなかったら別人と思うところだ。

「せっかく取り上げてくれても、名前を間違えられたら台無しだわ……」

私と同じくらいガッカリしているラシェル。彼女は本当にいい人なのだ。

（間違えられちゃったものはどうしようもないよね。あ～あ、無念！）

こうして、私の初めての掲載記事は「名前を間違えられる」という結果に終わった。

そんな私に、リベンジ？　の機会がやってきた。

お茶会に参加できなかったジェロームからフェンシングに誘われ、彼が通うクラブの練習に参加させてもらうことになった。その様子を取材したいと、新聞社からクラブに依頼があったそうなのだ。

ジェロームは学校の近くに住んでいて、私は自宅に招待してもらうなどご家族からも親切にしていただいていた。そんなわけで新たな取材が舞い込んできたときも、

「今度は名前を間違えられないように、記者にはきちんと言っておかないとね！」

とジェロームママまで心配してくれていた。

取材当日、記者が来るまでの間、フェンシングのコスチュームに着替えて練習をさせてもらう。ジェロームにはお兄さんと妹さんがいて、3人ともフェンシングを習っていた。

私は先生からではなくジェロームと、当時小学校の2、3年生くらいだったと思われるジェロームの妹さんから指南してもらうことに。剣を持っていないほうの手の動きが意外に難しい。歩み寄るときなどは頭の後ろで軽く曲げて構えているが、突くときにはスキージャンプの選手のように手を後方に伸ばす。

私はこの伸ばす動作を忘れがちで、突いた後で慌ててピン！ としていた。まったくの初心者だったので、フェンシングの剣の種類のこと、その種類によって攻撃して良い体の部位が異なることなど、私はこのときまで全然知らなかった（太田雄貴選手の名前が有名になったのはもっと後だったので、太田選手の活躍をテレビなどで見るようになってからは、彼の背中突きの技など、より面白く観戦することができた）。

「左利きのチャンピオンは多いんだよ」

私が左利きだったので、ジェロームはフェンシングをする上での利点を話してくれた。結構面白いと感じていたので、チャンピオン云々はともかく、日本に戻ってからフェンシングをきちんと習ってみるのもいいかな？　と思い始めた頃、男性記者がやって来た。

　どうやら、今回は地方新聞2社が取材に来るらしく、しばらくするともう1人、男性記者が現れた。

「この子の名前、きちんと書き留めてくれました？　先日別の新聞で、名前を間違えられたのよ！」

　練習に付き添ってくれたジェロームママが記者たちに念を押す。あまり多くは質問されず、個人の写真とクラブ全体での写真を撮影して、今回も15分程度の取材だったと思う。お茶会と異なり、事前準備がなかったぶん、非常にあっさりと終了した。


「もう、何なんでしょう！」

　ジェロームママが憤慨している。手には新聞。

（あれ、また何かあった？）

　彼女の様子から、あまり喜ばしくない事態になっていることは見て取れた。今度はジェロームが申し訳なさそうに
「名前は間違ってないよ。でもね……」

と新聞を見せてくれた。

（ふむふむ。名前は間違ってないけど？）

文章におかしなところはなさそうだ。今回の記事は、お茶会の記事と比べると小さいスペースで、私がすぐ読めるくらいの文章量だったから、これといって間違いはないように思えた。

「写真を見て」

私が気付いていないことを悟って、ジェロームが写真とキャプションを指差す。

（写真中央が私……。んんっ?!）

キャプションとは裏腹に、写真中央にはフランス人の男の子が写っていて、私はどこにも写っていなかった。

「シホが写っていない写真を使ってるのに、中央に写ってるって書いてるんだ」

……こんなことってあるんでしょうか。

フランスの新聞、誤植（この場合は誤報と言うべきか？）多すぎです！

そもそも、使われた写真にはアジア人らしき人物は写っていなかったから、載せる前に誰かしら気付くべきじゃないですか？　事実を間違いなく伝えるメディアともあろうものが、ちょっといい加減すぎやしませんか??

さらに数日後、もう1社の新聞を持ってきたジェロームママが、
「こっちは名前も写真も間違ってなかったわ！」
とうれしそうに言ってくれたので、少し期待したのだ。期待したのだが……。
写真の私、思いっきり両目つぶってます～（泣）
これしかなかったの？　なかったの⁇　ホントに？？？
ガックリ。
私、立ち直れません。もう取材なんて受けるもんかっ！（その後ないけど）

ある日、花束サプライズ

誰かに花を贈るのは、どういうときだろう？　お祝いのとき、お別れのとき、何かを始めるとき……。

日本では、記念日や人生の節目で花を贈ることが多いのではないだろうか。記憶は定かでないが、私が最初に花を贈ったのは、母の日だったように思う。

自分が初めて花をもらったのも、卒園式のときだった（はず）。花束ではなく鉢植えの、あれは何の花だったか今では思い出せない。

子どもの頃は束であれ鉢植えであれ、花をもらう機会がほとんどなかったから、いつか両手に抱えるくらいの大きな花束をもらってみたいと憧れたものだった。しかし、自分が花を贈るような年代になると、そんな大きな花束は贈ることも贈られることも滅多にないと悟った。

習慣にしてもコストにしても、フランスでは気軽に花を贈り合ったり、家に飾ったりできる。イベントがなくても、フランス人は男女問わず、日常的に家族や友人に花を贈るし、市場では季節ごとの花が手頃な価格で売られている。

南フランスでは、冬でもミモザなどを楽しむことができた。

そういえば、日本人にはあまり花を贈る習慣がないことの理由として、「贈る相手が花瓶を持っているかわからないから」というものがあった。相手のことを考えて贈りものをすることは素敵だし重要だと思う。でも、その言葉に取って付けたような響きを感じていたので、私はピンときていなかった。

だが、理由はともあれ、私は花を贈ることの難しさをこの後知ることになる。

話は逸れてしまったが、あるとき、ホームステイ先近くの市場で大ぶりの花束を見かけ、「あ～いいなぁ～」と思って近寄った。バラやガーベラ、ラナンキュラスにミモザなどなど（こういうときに花の種類をすべて言えたら良いのだが、とにかく、たっぷりと華やかなものだった）、まだ肌寒く薄暗い時期に見かけたその彩りはとても温かみがあって気分も明るくなった。

お世話になっていたＲＤＰ家のマダムが植えたり、飾ったりして花が好きそうであることを思い出し、ここはひとつ、日頃の感謝の印に……と、その花束をいただくことにした。

ＲＤＰ家ではときどき立派な花瓶を使っていたから、今回買っていく花束も充分生けられることは確認済みだった。

値段は10ユーロ。抱えて持つと前が見えにくいくらい大きな花束が、当時の日本円で1500円もいかない額で買えるのである（日本のお花屋さんで買ったら1万は下らない！）。日本でもこれぐらいの値段で買えたらいいのに、などと思いつつ、私はその大きな花束にすっかり満足し、いつマダムに渡そうか、いやいや、みんなの前で驚かせたほうがいいかな？　と思案しながらステイ先への道を歩いていた。

花で見えにくかったせいもあるが、サプライズの方法を考えていた私は、前方から歩いて来るご婦人に気付かず、ぶつかりそうになった。

「すみません」

一言告げ、ご婦人の横を通り抜けようとした。するとそのご婦人は私の前にまた立ちふさがってきたのだ。

「？・？・？」

見上げると、シェールとウーピー・ゴールドバーグを足して割ったような、黒髪ちりちりソバージュで、目力のあるふくよかな体形の白人のご婦人が、妙ににこやかに微笑んでいる。

「あなたの国を知っているわ。そう、あなたの国は……」

少し目を閉じながら、手ぶりをつけて思い出そうとしているご婦人。

（あなたの国って……。私の国籍わかって言ってるのかな？）

「どこの国だったかしら？」

（さっき知ってるって言ってたじゃん！）

インチキ霊媒師的なところまで、『ゴースト』でのウーピーみたいだ。

私はご婦人の出方を待って黙っていた。

「中国……韓国……日本……」

ああ、やっぱり。

フランスでときどき出会ったのが、『アジア人に興味がある』という人。

そういう人が声をかけてくるとき、決まって適当にアジアの国名を口に出し、相手の反応を見てから近づいて来る。街中を歩いているときやスーパーで買い物をしているとき、美術館でゆっくり絵を見ているときでさえ、突然「君、中国人？　日本人？」などと始まるのである。

最初のうちは感じ良くしようと「日本人です」と答えてしまっていたが、大抵はいい思いをしたことがなかったので、冷やかしで声をかけられたときにはもう返事をしないようにしていた。

しかし、このご婦人の目力はすごい。言わないんだったら言わせてみせるわよ〜っ

ていうくらい、笑顔とは裏腹の目。こ、怖い……。黙って通り過ぎようと思っていたのだが、思わず
「日本」

と言ってしまっていた。

「そう、日本！　日本は素敵な国よね！」

(知らないでしょ、絶対)

引きつった笑いをしている私のことなど気にも留めず、ご婦人は満面の笑みで私の手を握り、ブンブン振り始めた。

「お花、立派ねぇ～。とってもきれい！」

手を握りながら花を褒めるご婦人。

(一体、どういうつもりなんだろう？)

ご婦人の言動の意味がわからず、ただただ手をブンブンされていたとき、私はふと、ご婦人のもう一方の手が、私の花束のリボンに絡み始めたことに気付いた。

(んんっ？　何してるの、この人?!)

一方の手はブンブンしたまま、ご婦人は徐々に花束を自分のほうへ引き寄せ始める。相変わらず、顔には満面の笑み。

（ちょっと、その手、離してくれません？？？）

引きつった笑顔のまま、私は花束を引き戻す。徐々にご婦人との距離が狭まり、引き込まれそうな大きな目が私のほうへ近付いて来る。さあ〜、その手を離しなさい〜、という暗示まで聞こえてきそうだ。

（ううっ、離してなるものか！）

もし、このとき私たちの近くをすれ違った人がいたら、ちょっとギョッとしたかもしれない。笑顔でブンブン握手しながら、花束を掴み合う２人。ご婦人は花束を掴む私の指を剥がそうとしてくる。指を弾きながら、それを阻止しようとする私。

（この人は何なんだろう？　新手のひったくり⁇）

理解できないまま、ただ一つ考えていたのは、絶対手を離してはダメ！　ということ。離したが最後、「あら〜、くださるの？　ありがとう！」などと言われて持っていかれそうだ。

（あなたがどこのどなたか存じませんし、友達でもありません！　仮にあなたが親日家だったとしても、このお花は譲れませんっ！！！）

力強いご婦人の握力を振り払い、両手で花を抱え直す。するとご婦人、

「あらっ？　手にリボンが……。ホホホ」

と、信じられないリアクション。

(どうやったら勝手にリボンが手に絡みつくわけ?!)

疑いの眼差しでじ〜っとご婦人の手を見ていた私(目を凝視する度胸はありません)に気まずくなったのか、

「さようなら〜」

と軽やかに去って行った。

(ふ〜っ、一体何だったんだろう?)

ちらっとご婦人の後姿を見たが、これ以上関わらないようにしたかったので、私もすぐにその場を離れ、ステイ先に戻った。


結局、花瓶を借りなくてはいけないので、家族全員へのサプライズは断念。ムッシューが不在だったので、子どもたちに承諾してもらい、食卓に花を飾ることにした。普段の食卓はキッチンにある長方形のテーブルだったが、花を置いてしまうと非常に狭くなってしまう。

そこで、来客時に使用されている応接間の丸テーブルに置かせてもらうことにした。マダムに見つからないよう、バスルームで花を生けてみる。狭い空間に多少苦労したが、何とか見られそうな程度には整えることができた。花瓶はどっしりしていたので、花と水の重みでさらに重量が増していた。借り物の花瓶を落としたりすることがないよう、バスルームから応接間に運ぶまで、慎重にソロソロと歩いた。

（この瞬間に、マダムがやってきたりしませんように！）

たいした細工ではないものの、マダムへのサプライズにしたかったので、応接間に花を置くまで見つかりたくなかった。

（良かった、誰もいない！）

テーブルに花瓶を置き、花を整える。テーブルをくるりと一周して、どこから見てもある程度は華やかに見えそうだ、と自己満足。あとはマダムが食事の準備に来たとき、花を見つけてくれるのを待つだけだ。

いったん部屋に戻っていたが、食事の準備の手伝いをするためにキッチンへ。もう花に気付いているであろう、マダムの反応も気になっていた。

キッチンに行くとマダムが下ごしらえをしていて、入ってきた私に気付き、

「ああ、シホ。あのお花を生けてくれたのはあなた？」

と聞いてきた。

「はい、そうです。あの、いつもありがとうございます……」

（あれ、何だか気まずい感じ？　花瓶、使っちゃいけなかったのかな？　でも、一応子どもには了解を取ったし……。応接間っていうのがまずかったのかな？）

マダムの反応に何となく居心地の悪さを感じていたそのとき。

「やあ、シホ、調子はどうだい？」

入ってきたムッシューの顔を見て、私はやっと事態が飲み込めたのである。

いつもの通り、にこやかに声をかけてくれたムッシューの顔は目が赤く、鼻がグシュグシュしていた。

（！！！）

それまでまったく気付かなかったのだが、ムッシューは花粉症だったのである。

日本では花粉の時期になるとマスクをする人が一気に増えるが、フランスではマスクをする人はいない。だから、フランスでも花粉症の人が存在していることを、私はこのとき（２００５年）まで知らなかったのである。

後から聞いたのだが、ムッシューはスギなどにアレルギーがあるらしく、今までご自宅に飾っていた切り花は、反応が出ないものだったらしい。しかし、今回は花束の中にあったミモザにアレルギーを起こしたとのことだった。

必死で謝る私に、ＲＤＰ一家は優しく接してくれた。マダムには

「ごめんなさいね。せっかくなのだけど、ミモザは抜くわね」

と胸に手を当てて逆にお詫びされてしまった。ムッシューには
「いやいや、シホがわざわざ贈ってくれたんだし、僕は仕事でいないことが多いから、このままでいいんじゃないか？　豪華で素晴らしい花束だよ！　シホ、ありがとう！」

と、責めることもなくハグされ、お礼を言ってもらった。子どもたちでさえ、

「アレルギーが出るとは思わなかったし、パパが花粉症って知らなかったんだから仕方ないよね」

と慰めてくれた。

（ああ、知らなかったとはいえ、こんな良い人たちに、私は何をしでかしてるんだろう……）

感謝のつもりの贈り物が、とんだ迷惑を掛けてしまったのである。

花を贈る習慣がない理由＝花粉症の人がいるから。

この件があってから、今後こういう理由で花を贈ることをためらう人が増えてくるのかもしれないと、しみじみ感じてしまう。それでも、長い間フランスでは日常的に花を贈り合ってきているから、この習慣がなくなることはないのだろうけれど。

サプライズにこだわって確認しなかった自分のエゴが恥ずかしくなる。やはり、贈り物は相手のことを知らないと難しいことがあるな、とガックリしている私の頭の中で、さっきのご婦人のことがよみがえる。

さあ〜、その手を離しなさい〜

離しておけば良かったかな？　せめて、ミモザだけでも。

あのご婦人は、こうなることを予測していたのかもしれないし……。

ある日、空中椅子とフリーフォール

忙しく働いていると、休みの日が待ち遠しくなることは誰しも少なからずあるはずだ。日本でも仕事とプライベートをはっきり分けている人が増えてきたと思うが、労働は罪という宗教観が根付く欧米人は、目いっぱい休暇を満喫すると聞いていた。

私が一緒に過ごしてきたフランス人はまさにその通りだった。音楽を聴いたり本を読んだりするインドア派や、自然と触れ合いたいアウトドア派、それぞれ充実したヴァカンスを楽しむために、日々の仕事をこなしているという感じだった。

そして休暇が近くなると、自分がどのような計画を立てていて、どんな風に過ごすのかをうれしそうに話し始める。皆、心待ちにしていることが手に取るようにわかるのだ。

マリーはインドア派のナチュラリストで、

「いずれは田舎で日がな一日、本を読んで過ごしたいわ。塩田や農場では、収穫の時期になると食事付きで雇ってくれるから、そういう生活ができたらいいのに」

と言って、学校でもできるだけ静かな環境を好んでいたから、生徒が教室でうるさくすると

「静かにしないなら追い出すわよ！」

とけん制していた。

マルティヌはアウトドア派で、時間があると街の周辺をジョギングしていた。私も一緒に走ったことがあるが、街中は石畳で走りにくいものの、川沿いの遊歩道は道幅も広く長く続いているので、とても気持ちが良かった。マルティヌは山間部に別荘を持っていて、ヴァカンス中によく出向いては、山々の中を走っているらしい。

（別荘って、どんな感じなんだろう？　広大な土地を走り抜けるのもスカっとしそうだし……）

そんなことを考えていたら、頭の中を読まれたのか、

「今度の休みに、うちの別荘へ来ない？」

と願ってもないお誘いが。私はお言葉に甘え、有難くご招待を受けたのである。

車で数時間、建物が少なくなり、広々とした畑や山々に囲まれるようになった地域にマルティヌの別荘はあった。

ロール状に巻かれた干し草が点々としている畑。金茶色のなだらかな土地が遠くまで続き、人家は見えない。ときどき、石造りの小さな小屋に目が留まった。道路脇に

あったその一つを見たところ、壁が崩れ、今は使われていないようだったが、それはそれで趣がある。糸杉やゴツゴツした白っぽい岩肌の山を眺めると、ああ、ゴッホやセザンヌの絵画などで見てきた風景はこういうところにあるのだなぁ、と感慨深い。

別荘と言うと少し非日常的な感じがしてしまうが、マルティヌのそれは普段お邪魔しているお宅とあまり変わらず、すぐいつも通りの生活が始められるように整えられていた。大きな窓があったこの別荘は、部屋の隅々まで光が差し込み、気分が明るくなる。小ぶりだが暖炉があり、冬場はその前で温かいものでも飲みながらくつろげそうだった。

スーパーなどはないので買い物にはちょっと苦労しそうだが、恐らく、土地に根差した市場やこぢんまりとしたお店などがあるのだろうと想像していると、

「お昼にしましょう」

と声がかかった。

マルティヌはベジタリアンだと聞いていたので、私は彼女がお肉類を一切口にしないものと思っていた。だが、私と彼女のお皿両方にサラミを切り分けているのを見て、不思議に思った。

「もともとはまったくお肉を食べていなかったの」

サラミについての疑問を尋ねた私に、マルティヌはいきさつを話してくれた。

「マラソンに挑戦したとき完走したのだけれど、ランナーズハイになって、身体がガクガクする状態が続いたの。ドクターから肉類を摂ったほうが良いと言われて、最初は抵抗があったのだけど、サラミなど乾燥させたものは食べられるようになったのよ」

たしかに、ランナー体形だとは思っていたが、マラソンもしていたとは！　しかも、走るために肉を食べるようにしたなんて、アスリートさながらだ。豆乳なども取り入れ、体調管理に余念がないマルティヌ。

「今日はこのあとロッククライミングしに行くけど、どう？」

との誘いに
（ホントに運動が好きなのね～！）

と驚かされる。

「あなたは残っていてもいいのよ。好きに過ごしてくれればいいから」

食後だし、この穏やかな田園風景のなかをゆったりしたいと考えていたが、ロッククライミングする機会もそうそうないだろう。

「やったことないけど、大丈夫？」

念のために確認したところ、

「初心者向けのものもあるから大丈夫よ」

との一言で、私は岩登りに便乗させてもらうことにした。

連れていかれた岩場には他にもクライミングを楽しむ人々がいて、女性もそこそこいた。

（ひゃ〜、そんなところまで行くんですか⁈）

僧帽筋をモリモリさせながら反り返る岩を登ろうとしているポニーテールの女性を見て、手足がムズムズしてくる。

「あそこは上級者用。私たちはこっちよ」

とある岩の壁の前で歩みを止めたマルティヌに、

「ここ⁈」

私は驚きを隠せなかった。高さは3階建ての建物くらいだが、つるんとした岩肌で、凹凸は見当たらない。しかも上部が少し反っている。

（初心者でもできるって、このレベルが？）

もちろん、ボルダリングほどの凹凸を期待していたわけではないが、初心者でも大丈夫という言葉を鵜呑みにしていた私は、もう少し難易度の低い岩場を想定していた。凹凸が見えれば、「ああ、次はあそこに足を掛ければいいんだな」などと考えられそうだが、私にはただの切り立つ壁にしか見えない。

「私が先に登ってお手本を見せるから」

（いや、お手本とかそういう問題ではなく、私、登れる気がしないんですけど……）

私の心配をよそに、マルティヌは登る気満々だ。

「私が登っているとき、あなたは下でコントロールする役目よ。ロープは張り過ぎず、ゆるみ過ぎずを保って。下りるときには、このストッパーを外すとロープが下がるようになってるの。私が下ろしてと言ったらストッパーをゆるめて。手を離すとストッパーは元に戻るから、落下することはないわ」

マルティヌはロープとストッパーの使い方を簡単に説明してくれた。

（それだけで大丈夫なんだろうか？）

何となく不安になったのだが、何を質問すれば良いのかもわからない。社会人になったばかりの新卒が、ＯＪＴで覚えて！　わからなかったら質問して！　と言われて困ってしまうような気分だ。

マルティヌはずんずん登って行く。私には見えない凹凸があるかのように、迷ったりせず手足をかけて上を目指している。私のロープ使いに
「ちょっときついから少しゆるめて！」

など、適宜指示を出す。登って行く途中のところどころに四角い鉄輪が打ち込まれていて、彼女はその地点まで来ると腰に付けていたカタビラを一つ、また一つとかけていく。これを私は後で回収しなくてはならないのだ。

（あれらがあるところを必ず通らなきゃいけないってことだよね？）

回収するということは、当たり前だが岩から手を離さないといけない。そんな余裕、私にあるだろうか？　思案している間に、マルティヌはすでに中ほどまで登っていた。

「休むから下で踏ん張っていてね！」

マルティヌが私を見下ろし声をかける。私は足を開いて腰を落とし、ロープを持って備えた。彼女は手足を岩から離し、宙ぶらりんの格好で一息ついている。空中の椅子に座っているようだ。しばらくして、

「さあ、あとちょっと！」

と再び登り始める。下でマルティヌの手足さばきをじっと見つめながら、

（やっぱり凹凸が見えない……）

ルートがまったくわからず、私は攻略方法を見つけられないままだった。そうこうしているうちに、マルティヌは反り返った地点の真下まで登り切ってしまった。さらに先を目指しそうな彼女に、

「そこには行かないで！　私が行けないから！」

と制止し、思いとどまってもらう。

「じゃあ、下りるからロープをゆるめて！」

（えっと、下りるときはさっき教わった通り……）

マルティヌの合図を待ち、ストッパーをゆるめたときだった。

「ギャー！！！」

マルティヌが鋭い叫び声を上げた。

「シホ！　怖いからちょっとずつ下ろして！」

（き、聞いていたことと違う?!）

私は私で焦っていた。

（たしか、ストッパーをゆるめても手を離したら元に戻るって言ってなかったっけ？）

合図のあと、私はストッパーを一瞬ゆるめ、手を離してみたのだ。そうしたら、ストッパーは戻らず、マルティヌの体がガクンと下に下がった。慌ててストッパーを戻したが、マルティヌからしてみたら、その間フリーフォール状態にさせられたのだ。

絶叫するのも当然である。

（もう一度……）

さっきよりもほんの一瞬、ストッパーをゆるめて手を離す。またストッパーは戻らない。

「キャー！！！」

（や、やっぱりダメ？？？）

「シホ！　ちょっとずつって言ってるでしょ！」

「ご、ごめんなさい……」

（ストッパーをゆるめるでしょ。ゆるめたらマルティヌの体が下がるでしょ。手を離してもストッパーは戻らないでしょ。戻らないままだとマルティヌは落ちちゃうでしょ。……ってことは、私が制御するしかない?!）

それからマルティヌが地面に足を着けるまで、私は自分の握力で重力と格闘することになった。摩擦で手が痛くなったが、ちょっとずつと言っているのにガクン、ガクン、と乱暴に下げられ、生きた心地がしなかったであろうマルティヌにこれ以上怖い思いはさせられない。苦戦しながらも無事地面に下り立った彼女を見て、

（よ、良かったぁ〜）

すっかり力が抜けてしまった。一方、マルティヌは興奮している。

「シホ！　ゆっくり下ろしてくれないと怖いじゃない！」

「う、うん、そのつもりだったんだけど。ストッパーの使い方がよくわからなくて」

「でも、さっき教えたわよね？」

「教えてもらった通りにやったつもりなんだけど……」

ストッパーを操作して見せたが、気持ちが高ぶっていたのであろうマルティヌは
「本当に怖かったわ！」

と、まだ興奮冷めやらぬ様子。

「……本当にごめんね」

その場でストッパーの正しい操作方法を聞けないまま、私が登る番になった。

いざ、岩を目の前にしてみると、

（ホントにつるつる～！）

手や足を置けるどころか、引っかかりそうな出っ張りすら見つけられない。最初の数歩と中間地点くらいに足が半分入れられそうな隙間があるくらいだ。登り始めてみると、必要以上に腕に力が入っていると感じた。横を見ると、雄大な景色が広がっている。本当ならその景色を堪能したいところだが、

（怖い～！）

ロープで吊られていることを考えると、せっかくの景色も不安でしかない。落ちな

いように腕で体重を支えているから、徐々に指や肩がブルブルしてきた。

「疲れたら、身体をあずけて手足をブラブラさせればいいのよ！　下で支えているんだから落ちないわ！」

マルティヌが下からそう声をかけてくれたが、岩から身体が離れるのが怖い。でも、力が入り過ぎて指や肩がさらに震えてきたので、

「ちょっと休みます！」

と声をかけ、そっと手を離してみる。

（大丈夫、大丈夫）

手足の力を抜こうとするが、まだ恐怖心があるのだろう、硬直したまま吊られている感じだ。

「力を抜いて、おしりのほうに体重をかけて、座るようにするのよ！」

マルティヌも私の緊張を見て取ったのだろう、休み方をアドバイスしてくれた。少しずつ力を抜いてみて、後ろに体重をかけてみる。やっと空中椅子に座る形にまでなったところで、横を向く。

（わ〜、すごい眺め！）

初めて景色を楽しむ余裕が出てきた。

先程車で通って来た広大な大地を上から眺める爽快感。人や車は見当たらず、ポツンポツンと人家や樹々が点在している。遠方にはゆったりと曲線を描く川がかすかに見えた。自然に溶け込み、静止した時間のなかでしばしダランとしたのち、

「再開しまーす！」

また岩にへばりつく。でもすぐに、

（あれ？　ホントに登れそうにない⁇）

さらにツルツルに見える岩肌に、私は再度全力でしがみついていた。マルティヌにもその気持ちが伝わったのか、

「右足の少し斜め上に出っ張りがあるからそこに足を掛けてみて！」

と教えてくれる。

（右足の斜め上の出っ張り？）

目で追ってみるが、それらしき突起が見つからない。

「マルティヌ！　どの辺？」

足を上下させてあたりをつけている私に、

「もう少し上！」

と指示してくれるのだが、

（え……。ホントにないんですけど？）

「そう、その辺よ！」

（出っ張りなんてありますか⁉）

その辺と言われたところは、せんべいのかけらほどの岩が盛り上がっているだけだ。

（まさかと思うけど……）

「出っ張りってこれ？」

足でちょんちょんと盛り上がったところを指してみる。

「そう、そこ！」

（うそ〜！）

足はかけられるのだろうか？　やってみたが、滑ってうまく引っかからない。

「指で挟むようにして！」

（は、挟む⁉）

靴の中で指をチョキにしてみて、足を踏ん張ってみる。

「そのまま、左手を伸ばして窪みを掴んで！」

左手を伸ばすが、またしても
（窪んでないよね〜！　爪の先が引っかかればいい程度！）

と、私にとっては窪みなどないに等しい。心に葛藤を抱きつつ、マルティヌを信じて無我夢中で登る。何とかすべてのカタビラを腰のフックに回収でき、

「下ります！」

と告げると、マルティヌはゆっくりゆっくり、丁寧に私を地面まで戻してくれた。ヒヤヒヤしたけど面白かった！　と苦笑いしながら両手をブラブラさせる私に、それなら良かったわ、とマルティヌも満足そうに笑ってくれた。

ストッパーの正しい使い方は、結局その後も聞けていないので、彼女に怖い思いをさせただけで終わってしまった。もし、ロッククライミングをする機会が巡ってきたら、ちゃんと確認しておこう！　そういえば、上級者のところで反り返る岩を登っていたポニーテールの女性も、

「私、怖い！」

と叫んでいたが、下の男性が
「大丈夫、君ならできる！」

と励ましていた。登る人と支える人。互いの信頼がないと登り切ることは難しい。私はマルティヌを信頼して登り切ることができた。対して、マルティヌは？　フリーフォールさせちゃったけど、彼女の信頼が失われていないことを願うばかりである。

ある日、告白に付き添う

「ハア～……」

本日5回目。ニコはため息ばかりついていた。レッスン開始からまだ5分くらいしか経っていない。

「で、この文章を現在進行形にすると……」

「ハア～……」

（またかいっ！）

まったく集中していないニコに理由を聞こうとしたそのとき、

「今日はやる気がしないから、レッスンやめない？」

と、ニコのほうから切り出してきた。

「わかった」

ニコの淹れてくれたカルダモンの香りがするコーヒーを一口すすり、レッスンを中断する。そのまま私は黙り、彼が話し始めるのを待った。

ニコに日本語の個人レッスンを頼まれてから数か月。週1回のペースで1時間ほど、手話や筆談、ニコが私の口の動きを読むなどして、そのときそのときニコが覚えたい内容を私が教えるという形でレッスンを進めていた。

高校でのインターンとは異なり、こちらが考えてきた内容で講義するわけではないから、ニコのやる気によってレッスン内容も変わってくる。そして、ニコはその差がはっきりしていたから、こうやってときどきレッスン中断ということがあった。

中断されるとレッスン料が入ってこない。フランスで無収入だった身としては少し懐が痛いのだが、親しくなってくると何となく細かいことはスルーするようになっていた。

「この間さ、ミシェルと道ですれ違ったんだよね。それなのに、彼、無視したんだ。僕に気付いてたはずなのに」

(なるほど……。今はミシェルって人が好きなのね)

今までもニコがタイプの男性について話をしてきたことがあり、ゲイの人たちの恋愛がどういうものかいろいろ聞いてみたいと思っていた。だが、あまり触れてはいけない気がしていたので、当たり障りのない反応に止めていた(ちなみに、講義の資料として私が持っていたネオ歌舞伎のパンフレットを見て、ニコが「かっこいい!」と言っていたのは堤真一さんである)。

しかし今回、初めてお相手の名前が出たので、

「どんな人なの？」

　思い切って聞いてみることにした。ニコも聞いて欲しかったのか、グタ～っとした姿勢から一転、シャキッと私のほうに向き直って話し始めた。

「とってもクール！　知的な人で大笑いとかしないの。背筋が伸びてて無駄なお肉がついてないし、ホントいい男なんだ！」

　アイススケートをやっているニコは、日頃から自他ともに体型に関して目線が厳しい。

（ニコが太鼓判を押す人だから、きっとすらっとしたバレエ体型の人なんだろうな）

　勝手な想像をしていた私は、「へえ～そうなんだ、一度会ってみたいな」などと軽い相槌を打ってしまったのだが、まさか、ニコが食いついてくるとは思わなかった。

「前までは普通にしていたのに、最近冷たいんだよね。だから理由をたしかめたいんだ。一緒に来てくれる？」

「へ？」

　突然の展開に呆然とする。

「一緒に来てって……。どこに行くの？」

「ミシェルがよく行くゲイバーがあるんだ。きっと、今日も行くと思う。彼に会って、僕のことをどう思っているか聞きたいんだ。だから、付き合って」

「え？　何で私が？」

「さっき会ってみたいって言ったよね？」

（そりゃ、言いましたけど……）

あの一言で、告白の現場に付き合わされる羽目になるとは思ってもいなかった。


いったん家に戻り、夜になってから再びニコの家へ。

「シホ、これ、どっちがいい？」

ニコは鏡の前で両手に服を持ち、どちらがいいか聞いてきた。

（全世界、好きな人に会う前って誰でもこうなるんだな〜）

ニコが服に悩む様子を微笑ましく感じていると、

「髪、立てたほうがいいと思う？」

髪型についても相談される。

（これから大切な人と会う前の装いを、私に聞くの？）

自慢ではないが、ファッションに関して私は男性だけでなく、女性にもアドバイスできるような流行センスを持ち合わせていないので、急に不安になってきた。最初の印象が悪かったら、次の告白に影響する！

「ニコがいいと思う格好が一番じゃない？」

はい、ズルいです。逃げました。

そんな私の気持ちを察したのかどうか、

「そうだよね……」

とテキパキ支度し始めるニコ。普段リラックスしたナチュラルな装いが多い彼が、ファッション誌に載るような格好になった。背が高くモデル体型の金髪イケメンである彼は、やはり何を着ても様になっている（決してアドバイスできなかった言い訳ではありません！）。

一方の私は何だか野暮ったい。ゲイバーがどんなところか知らないけれど、告白の付き添いとして、これはマズいのでは?!

「ねえ、私、やっぱり行かないほうが良くない？」

キマっているニコと出歩くことに気が引けてきて、及び腰になる私に、

「一緒に来てくれないと困るよ！」

と懇願してくるニコ。これはもう、彼が一歩を踏み出すために、ひと肌脱ぐしかないでしょう！　心を決め、告白現場へと乗り込むことにしたのだった。

「ゲイやレズが集まる場所には目印があるんだ」

ニコに連れられて入ったゲイバーの入口には、レインボーフラッグが掲げられていた。この街には4、5軒のお店の軒先にこの旗があり、そのほとんどが普通のカフェやレストラン・バーとして日中から営業していたが、今回連れられて来たお店は夜だけ営業していた。

当時の私はレインボーフラッグがLGBTを象徴したり、支援を表明したりするものと知らなかった。そのため、「ゲイやレズが集まる場所」というかいつまんだ説明に、果たして自分は行っていいものなのか？　と誤って理解してしまった。

「私、入っても大丈夫なの？」

「うん、ヘテロも来てるから大丈夫。でも、他の店よりはっきりしてるから、驚かないでね」

（はっきりって？　驚くって？）

ニコの説明に不安を煽られる。その予告通り、真っ赤なネオンが光るトンネルのような通路の両脇に、ゲイのカップルがいちゃつく写真がベタベタと貼られていて、

（中がこんなふうだったらどうしよう〜！）

来たことを後悔し始めていた。

カウンターで飲み物を注文したのち、妖しく赤黒い店内のソファー席に座るニコ。キョロキョロと店内を見渡し、ミシェルを探し始めた。私はというと、心細さからニコの横に座ろうとしたところ、

「ここでは男女のカップルに風当たりが強いから、少し離れて座ったほうがいい」

と言われ、仕方なくニコから2メートルほど空けて座る。大っぴらにいちゃつくゲイやレズのカップルはいなかったので少しホッとしたが、とても寛げるような雰囲気ではない。下を向いたまま飲み物に手をつけていると、テーブル越しに私の目の前で女の子が踊り始めた。

（こんなところで？）

もっと広いところで踊ればいいのに、と思って少し顔を上げた直後、私は硬直した。

（?!）

髪をかき上げながら腰をくねらせて踊る彼女。思わず顔を伏せ、恐る恐るニコのほうに目をやると、ニコは肩を震わせ笑いをこらえている。状況を理解し、私は彼女を直視しないよう、ただただ下を向いていた。しばらくすると、彼女は別の席の女性の前で踊り始めた。

一気に力が抜け、ソファーに深く座り天井を見上げる。こっそり彼女を目で追うと、

別の席の女性が追い払うような手つきで彼女をあしらい、彼女も潔く別の席へ移動していた。その後もあしらわれ続ける彼女。根気強いというか健気というか、席を渡り歩く彼女がちょっと切なく、しんみりしていたところ、ニコが笑いながらススッと近寄って来た。

「シ、シホ！　彼女、君を誘ってたみたいだけど、どう？　これを機に、こっち側に」

（行くかっ！）

しんみりが一転、恨めしそうにニコを見つめる。

「私、帰ろっかな」

からかわれた仕返しに席を立つフリをしたとき、ニコが表情を変え、と緊張した面持ちで私の後方を顎で指した。さりげなく後ろを向くと、奥まったカウンターテーブルの前に2人の男性がいて、立ち話をしていた。

「ミシェルがいる！」

ミシェルがどちらかはすぐにわかった。1人がテーブルに肘をつき背を曲げているのに対し、もう1人は竹のようにまっすぐな姿勢でグラスを傾けていたからだ。

「右のほうの人でしょう？」

「そう」

ニコはミシェルをじっと見つめたままグラスに口をつけているので、つい、私も観察してしまう。ミシェルはずっと立ち話を続け、動く気配はない。ミシェルと話をしている男性はよく笑っていたが、ミシェルは口角を上げるだけだった。

(本当に笑わないんだな……)

そんなことを考えていたとき、ミシェルがちらっとこちらを見た気がした。

(あ、ニコに気付いたかな?)

ニコのほうを向くと、ニコもそう感じたのだろう、少し首を伸ばしてミシェルの動きを注視していた。しかし、ミシェルは引き続き男性との会話を続け、その場から離れる様子はない。ニコはガッカリしたようにグラスを手の中で転がし、またミシェルを凝視している。

(あ～、じれったい!)

ニコはどうするのだろう? 2人の間に割って入るのだろうか? ミシェルが動くのを待つのだろうか? 見つめるだけのニコの態度にこっちがハラハラしてしまう。

そして遂にニコもしびれを切らした。

「シホ、僕が話したがってるってミシェルに伝えてくれる?」

(あ、そこは私なのね)

自分でガツンとぶつかって行かないところは繊細なニコらしい。でも、私としても、ゲイバーまで来て告白に付き合うと決めたのだ。きっかけを作るくらいはやってのけましょう！

（よっしゃ！）

入店当初のオドオドぶりはどこへやら、周囲の人をかき分け一直線にミシェルの元へ。

「お邪魔してすみません」

突然話しかけられ、私のほうに振り返ったミシェルと男性は、相手が見知らぬ外国人だったので不思議そうに首をかしげている。

「あの、ミシェルさん？」

「そうですが」

ジュード・ロウとポール・ベタニーを足して割った感じのミシェルは、端正な顔立ちに落ち着いた物腰、そして少し冷ややかな印象を受けた。

「私、ニコの友達です。ニコがあなたと話したいそうです」

ニコのいるソファーを指差すと、ミシェルは黙ってニコのほうに歩いて行った。取り残された男性に、「お話し中ごめんなさい」と私は手を合わせてお詫びのポーズをした。すると、男性は「あっ」という感じでニッコリし、私の真似をした。

（しまった……。『ごめんね』のつもりだったのに、日本人はいつも手を合わせて挨拶するって思われたかも？）

この数日前、『誤った日本人のイメージ』を高校で話し合ったとき、日本はタイと違って挨拶のときに合掌はしないんだよ、と話したばかりだったのに。

……って、今、告白の現場だよ？　職業病かっ！

ニコとミシェルに遠慮して少し離れたところにいた私と男性だったが、お互い話をするわけでもなく、少なくなったグラスの中身を覗き込みながら、ときどきニコとミシェルのほうに目をやっていた。

（はぁ～、居心地悪い！）

ニコの告白がうまくいったかどうかより、早くこの場を離れたいという気持ちが強くなってきた頃、ニコとミシェルがこちらに戻って来てビズを交わした。

「シホ、帰ろう」

ニコはもうミシェルを見ていない。私は慌ててミシェルと男性に頭を下げ、足早に立ち去ろうとするニコに続いてお店を後にした。

ずっと黙ったまま早歩きを続けるニコ。私も何も聞かず小走りについて行く。一言

もしゃべらず、とうとうニコの家の前まで来てしまった。このまま帰ろうか迷っていたとき、

「ちょっと上がっていって」

ニコがやっと口を開いた。階段を上り、部屋に入ってからコーヒーを淹れるまで、また沈黙が続く。コポコポとコーヒーが沸く間、私はソファーに座ってニコにどんな言葉をかければ良いか迷っていた。

うれしい結果だったら、きっとその場で喜んでいたはずだ。黙っているということは、あまりうれしくない結果だったのだろう。こんなとき、日本語でも言葉に迷うのに、フランス語で何と言えば気持ちに寄り添うことができるのだろうか。あれこれ考えていたとき、ニコがコーヒーを手にやって来て、

「はい」

と私に手渡し、隣に座った。

「ありがとう」

コーヒーの湯気越しにニコの気持ちを読み取ろうと様子を窺う。思ったよりも落ち着いた表情だったので、私は少し安心した。

「友達でいようって言われた」

コーヒーを一口すすってから、ニコが口を開いた。

「これからも今まで通りがいいって。今日話してた男性は友達で、今ミシェルに特定の人はいないみたい。それから、前に道で会ったときは本当に気付いてなかったんだって。だから、避けられてなかった」

「そっか。それなら良かった」

良かったと言った直後、すぐにしまったと思った。告白の結果、これからも友達で、と言われたのだ。心穏やかなはずがない。もっと別の言い方があったんじゃないのか。

また黙ってしまったニコに、私も言葉が見つからない。

「今日は疲れたから、もう休みたい」

「わかった。じゃ、また今度」

結局何も言えないまま、後ろ髪引かれる思いで帰宅することになった。

（ホント役立たずだな……）

普段から気の利いたことを言えない自分がもどかしく、腹立たしい。自分だったらどういうふうに接してもらいたいだろう？　散々考えてみたが、そのまま何も思い付かず、次のレッスン日まで悶々として過ごした。

ニコとどんな顔して会えばいいのだろう？

レッスンの日、私はまだ悩んでいた。何もなかったように普段通りだと心の通わない冷たい人みたいだ。かといって、笑顔を気負うと、ぎこちなくなりそうだ。そもそも、こういうことを考えること自体、失礼なんじゃないか……。

複雑な気持ちで再会した私に、ニコはいつもと変わらないテンションで言ってきた。

「シホ、今日は気分が乗らないからレッスンやめない？」

呆れた顔をして見せたが、私はホッとしていた。

普段通りに接してくれてありがとう。私はどうしていいかわからなかったよ。頭でごちゃごちゃ考えてたけど、そういうときはそのままでいていいのかな。

しなやかに、マイペース。今日もニコは自然体だ。

ある日、優雅には程遠い

川遊びをするなら、やっぱり夏がいい。『セーヌ川の舟遊び』や『河岸の食事』に見られるルノワール絵画のように、太陽が水辺でキラキラと反射するなか、爽やかな風を頬に受け水に手を浸したり、優雅にピクニックをして過ごしたいものだ。

とはいえ、そうならないのが私の常である。

私が滞在していた街には大きな川が流れていて、遊覧船も一年中航行していたから、ヴァカンスシーズンになると、それなりの観光客を乗せて川を往来する船を見ることができた。遊覧船に乗り込み、景勝地を見て回ったり、船上で食事やダンスをするには、懐具合と独り身の孤独感からちょっとツラいものがある。

その代り、川岸を散歩しながら船の様子を横目で眺めては、「ふむふむ、あんなふうにして過ごしているのね～」と気分だけ船上に乗せてもらっていた。

ある時、マリーと彼女の友人のカトリーヌ、カトリーヌの娘フローレンスとその従兄弟（カトリーヌの甥）であるフェリックス、そして私の5人で出かけた日のことである。からっと晴れ渡った青空の下、川岸の遊歩道を歩いていると、フェリックスが「カヌーがある！」

とうれしそうに飛び跳ねた。見ると、5艇ほどのカヤックがつながれており、若くて背の高い男性が暇そうに佇んでいる。まだシーズンではないから、お客が来なくて時間を持て余している様子だが、積極的に呼び込む気配もなく、ボーっとその場に留まっている。仕事のときは暇より何かしているほうがいい私としては、

（ただじっとしているのは退屈だろうな～。こんな状況でお給料払ってもらえるのかしら？）

などと余計なことを考えてしまう。だが、男性はこの状況に慣れているようで、すれ違う人とちょっとした会話をしては適当に笑っている。

そんな彼に、私たちが動きを与えることになった。フェリックスとフローレンスがカヤックに乗りたいと言い出したのだ。カトリーヌは承諾し、2人は早速男性の元へ駆け寄って行った。男性は思わぬお客の到来に笑顔で接しているが、最近あまり動いていなかったと見え、手際がゆったりのっそりしている。

「シホも乗ってみれば？」

カトリーヌの提案に、私の心境は複雑だった。カヤックには乗ってみたい。でも、この日は晴天とはいえ、まだ長袖を羽織っていた時期だから、頬に当たる風も水温もひんやりしているであろうことは容易に想像できた。

（夏の川遊びが……）

理想としていた時期とはかけ離れている。

（ま、これだけお天気がいいから、気にしないことにしよう）

あっさり季節変更。

（で、いくらくらいするんだろう？）

次はコストの問題である。私はその料金を見てから乗ることを決めたので、手持ちでいける金額だったのだろうが、詳細は覚えていない（たしか時間制でいくらと決まっていたと思う）。

まず、「パドルを左右交互に動かして漕ぎます」と男性から簡単な説明だけ受け、操作方法を覚えるため大人と子どもが２人１組になり、試乗してみる。川の流れに沿って右へ左へと動かしてみると、川上から川下への移動なので、あまり漕がなくともスーッスーッと滑らかに進む。

（あ〜、テレビで見ていた渓流下りとかって、こんな感じなのかも！）

もっとも、画面で見た日本の渓流はもっと岩がゴツゴツしていたから、

（ここは川幅も広いし、岩場もないし、危ないことはなさそう！）

優雅な川遊びの妄想から抜け切れておらず、ほんの試乗（しかもそのときはカトリー

ヌと2人で乗っていた）の段階で、「ああ、思ったより川風が心地良いな……」などと私は浮足立っていた。

試乗を終え、フローレンスとフェリックスは2人で1艇、私は1人で乗ることになった。マリーとカトリーヌは

「川岸から見ているから、どうぞ、楽しんでいらっしゃい」

と、私たちの様子を見ていると言う。

「え、本当に乗らないの？」

「私は子どもたちと一緒にやる元気がないわ〜」

カトリーヌの返答に、

（子どもたちって……）

その子どもたちと同じく、これから自分も乗ろうとしていたから、私はちょっと複雑な心境である。

（ま、せっかくだから何でも体験しておこう）

結局いつものように割り切って、カヤックに乗ることにしたのである。

このカヤック体験には特に決められたコースなどなく、終わらせたいと思ったらこ

の停泊所に戻ってくればいいようだった。子どもたちと私は、最初に川下から川上に向かい、川の中ほどにある橋まで漕いで行って、そこでUターンして戻って来ることにした。フローレンスとフェリックスはキャーキャーはしゃぎながら漕ぎ出していたが、私はスタート前に一抹の不安を感じていた。

まだ小学校低学年の頃、私と兄、兄の友達とそのお姉さん4人で公園の手漕ぎボートに乗ったことがある。そのとき、男女わかれてボートに乗ったのだが、兄たちがずんずん進んでいくなか、私とお姉さんはオールをまったくうまく動かせず、何と兄たちが戻ってくるまで同じ場所からボートが動いていないという有り様だったのだ。

結局、兄だったか兄の友達だったかが私たちのボートに乗り移り、何とか元の場所に戻ることができたものの、男性陣にしこたま笑われてしまい、こういうものは自分で漕ぐもんじゃないと苦い経験をしていた。

（今回は試乗して動かしてるし、一人乗りでも大丈夫だよね？）

思えば、小学生時代から何十年もたっているのだから、カヤックのパドルだろうと手漕ぎボートのオールだろうとそれなりに扱えるはずだ。しかし、一人でパドルを手にした途端、急に昔のトラウマが呼び覚まされた。試乗のときには感じていなかった焦りから、私はすでに手汗をかいていた。

「じゃあ、放すよ～」

男性がつないでいたロープを外し、足でグイッと私の乗るカヤックを川中へ送り出した。途端に後ろへ流されるカヤック。

（うわ、さっきと違う……）

試乗のときは艇頭を川下へ向けての操作だったが、今度は川上に向かって漕いでいる。流れの速さに負けないよう、パドルを突き立て懸命に前から後ろに水をかいた。

「早く、漕いで漕いで！　前に進まないよ～！」

男性が岸から手を左右に動かす仕草をしている。

（言われなくても！）

漕いでいるのだが、男性の位置がさっきから全然変わっていないのだから、同じところでジタバタしていることがわかる。

（まさか、数十年前と同じ状況になるのでは?!）

いや、その場に留まってくれるのならまだいい。今の状況だと、手を止めたら確実に川下へ流される。そのまま誰も止めてくれなかったら、地中海までまっしぐらだ。

『日本人、カヤックで流され地中海を漂流』みたいな記事が出るのは本当に勘弁願いたい。

前を見ると、フローレンスとフェリックスはカヤックの左右にわかれて座り、２本のパドルを結構激しく動かして進んでいる。

（ううっ、私もなりふり構っていられないかも……）

優雅な川遊びはどこへやら、私は腕をフルに動かし、パドルをしゃかりきに動かしてみた。何とか進み始めたものの、川岸をゆっくり歩くマリーやカトリーヌに置いて行かれるところが何とも痛々しい。彼女たちは
「どう、シホ？　楽しい？」

などと笑顔で話しかけてくるが、

（楽しむ余裕がないんですけど！）

ただただ、がむしゃらに筋トレしているような状況。フローレンスとフェリックスは２人でヤンヤン騒ぎながら、激しい動きのまま進んでいる。

（若いってホント体力ある……）

ここへきて、カトリーヌが「子どもたちと一緒にやる元気がない」と言っていた気持ちが良くわかる。私も試乗の段階で、川下から逆上るときには、それなりに体力を使うであろうことを想像できたはずだった。しかしながら、あのときは妄想の真っ最中だったので、優雅な川遊びのことしか考えていなかった！

とはいえ、すでに賽は投げられたのである。大人は頭を使わねば！

（え～っと、多分、入水角度とか、水の抵抗とか、パドルの持ち方で支点、力点、作用点とか変わるのでは？）

……理系ではないので解決策が思い浮かばず却下。

（やっぱり私は身体で覚えるしかないのか?!）

そうこうしているうちに、川岸から離れ、川の中ほどまで来ることができた。少しずつ橋へ近付いていたようだったが、手を休めるとすぐに流されてしまう。進んでは流され、を繰り返し、ジグザグに進んでいた。

継続的に腕を動かすことに、いい加減疲れてきた頃。どこからか叫び声が聞こえたが、パドル操作に無我夢中の私はスルーしていた。

「……タス！」

（ん？　何て言ってるの？）

近付くにつれ、橋の上から誰かが何かを繰り返し叫んでいることがわかった。何度も同じ言葉を繰り返し、指笛も聞こえてくる。ちらっと橋の上に目をやったところ、黒人男性が私のほうに向かってぶんぶん大きく手を振っていた。

「イエーイ！　ポカホンタス！」

（……。それは私のことですかい？）

男性のほうを見ていると、私に気付いたらしく、彼はさらに大きな声で

「ポカホンタス！」

と叫び、腕を左右に動かしながらガッツポーズをしてみせた。

（似てるのは髪型だけじゃない？）

私はおでこを出した黒髪ストレートだったので、髪型だけはたしかに似ている。それに、フランス滞在中は美容院に行けていなかったため、背中中央くらいまで髪が伸びていた。たったそれだけの類似点だが、男性は相変わらず「ポカホンタス！」を連呼し、私を応援してくれているようだった。

（端から見ても筋トレ頑張っているようにしか見えてないのかしら？）

こんなにカヤックを必死に漕ぐ人を、彼は見たことがなかったのかもしれない。私だって試乗のときのように、すべてがスーイスイと楽しく進むことを想像していた。予想に反し、疲労でぐったりきていたが、

（よしっ、もう少し！）

前の2人から離れ過ぎないよう、再度パドルに力を入れる。橋の上からまた指笛が聞こえ、

「ポカホンタ～ス！」

というう彼の叫び声が背中を、いや、私の腕を後押ししてくれる。その声援のおかげか、前の２人が疲れてきたのか、フローレンスとフェリックスのカヤックまで結構近づくことができた。２人も後ろに迫る私に気付いたが、再度引き離そうとでもするかのように、パドルを大きく動かし始めた。

（ホントに体力有り余っているのね……）

やっと追いつきそうなのに、と少しガッカリする。

（シホに追いつかれちゃダメだよ！　とか言ってるのかしら？）

子どもはこういう状況を勝負に見立てたりするものな……などと思っていたら、２人は私に向かって何か叫んでいる。しかも、結構慌てた感じで。

（えっ、何？）

パドルを動かしつつ、彼らが何と言っているのか聞き耳を立てた。

「シホ、後ろ、後ろ！」

２人は私の後ろを気にしている。

（後ろがどうしたの？）

いったん漕ぐのをやめ、後ろを振り返った私は

（！！！）

仰天した。何と、40～50メートル後方から、カヤックの何十倍もある遊覧船が迫って来るではないか！

（えっ、これってよろしくない状況じゃない？）

私は遊覧船の進路をふさぐような位置にいた。すぐにどかないと、船にひかれる事態に陥ってしまう。前の2人はというと、先に気付いていたぶん、進路からは逸れたほうまでカヤックを移動させていた。

（マズいマズいマズい～！！！）

私は今までよりもさらにパワーアップし、パドルを水に突き立てた。焦っているので、川を横行したいのにその場で回りそうなカヤック。それを必死に制御し、わっせ、ほいせと橋のたもとを目指す。タイムボカンシリーズで三悪が退散するときって、こんな気分なんじゃないだろうか。船にひかれたら、間違いなくカヤックは木っ端みじん。ドクロマークが出て終わりだ。

（どうしても危なかったら、川に飛び込んで逃げようか？）

ちらっと良からぬ考えが頭をかすめたが、

（大破したカヤックの代金や、遊覧船の進路妨害、観光妨害で損害賠償とか、とてもムリ～！）

妙に現実的な心配から、孤軍奮闘（それに飛び込んだら濡れちゃうし冷たそうだ）。腕を4倍速くらいに動かして、何とか遊覧船の進路から外れることができた。

「気を付けて～！」

笑い声とともに手を振る乗客を乗せた遊覧船が、私の横を悠然と通り過ぎて行く。遊覧船の動力でカヤックはグラングランと揺れた。

（何か上からで腹立つ～！）

気を付けて～じゃないよ、あなたたちに迷惑がかからないように、こっちは必死だったんだぞ！　と、お門違いな怒りを遊覧船とその乗客に向けそうになる。だがすでにパドル操作ですべて出し切り、もう余力のない私は、そのまま何もかも川の流れに身を任せることにした。

その結果、停泊所で止まるときもカヤックを横づけするようなパドル操作がわからず、流れに乗ってガツーンと頭から突っ込んで止めた形になってしまった。最後まで、私の川遊びは期待通りには運ばなかった。

（優雅に過ごすはずが……）

結局は狂ったように腕を動かしただけの筋トレに終わったのである。

ある日、ポスターが咲く頃に

7月。公共施設やカフェの店内、建物の外壁や電柱まで、そこかしこがポスターで色づき始めた頃、この街には大勢の人が押し寄せて来る。例年この時期に開かれる演劇祭は世界的にも有名で、インと呼ばれる招待公演の他、オフと呼ばれる自主公演が連日連夜開催される。

海外からの招待公演もあり、毎年楽しみにしているファンも多いようだ。個人の住居以外は使用されているんじゃないかと思うくらい、室内モノは小さな見世物小屋でも何かしら演目が組まれている。大道芸なども大々的に広場を占拠しているから、この時期は街中が浮かれているように見えた。

「えっ、私も行っていいの？」
「当然よ。毎年生徒を連れて観に行ってるんだから、今年はあなたも一緒よ」
（やった！！！）

学校も例外ではないようで、授業時間内に生徒を連れて舞台見物に繰り出すと言う。インターンの恩恵に与り、私も引率という形で観劇できることになったのである。

学校に隣接する建物では毎年モリエールが演じられているらしく、生徒数十人と教師数名が会場までゾロゾロと列をなして歩いて行った。

「あそこに座るといいわよ」

女性教師の一人に勧められ、私は舞台中央に続く通路の左側、最前列ど真ん中に座った。フランス語がわからなくても大丈夫かしら？　と心配していたが、開演後すぐに笑いというのは世界共通だと実感。表情や声のトーン、仕草で、言葉の意味がわからなくても十分面白い！　しかも最前列だけあって、役者の息遣いや汗まで見え、

（だからこの席を勧めてくれたのね〜）

と一人で納得しかけたそのときである。

「そこは俺の席だぞ！」

舞台で王様だか領主だかを演じている大柄な男性役者が、私を睨みながら大声で話しかけてきた。

（えっ、な、なに？）

突然の流れにわけがわからずポカンとしていると、怖い顔をしたまま、王様が舞台から降りて来るではないか！

「どいてくれ！」

（こ、ここをですか？）

私の席に座ろうとしている王様。私はどう受け答えれば良いのかわからない。

（ど、どうすれば……）

困り顔をしていたところ、

「その横に移ればいいのよ」

この席を勧めてくれた女性教師が私の後ろからそっとささやいてくれた。右隣を見ると、座席の半分くらいの高さの木箱が置かれている。入って来たときにはさして気にも留めなかったが、

（ここに座っておけばいいの？）

言われるがまま、箱に座る。すると王様は私が座っていた席へズン！　と腰を下ろし、演技を続けるよう舞台の役者に促し、ふんぞり返った。

（存在感ハンパない……）

大柄な王様の体が席からはみ出し、隣の私は肩身が狭くなる。ただでさえ高さのない箱だから、左半身が押し潰されているような格好だ。まるで王様に仕えている下僕の気分。数分の間、こぢんまりと舞台を観ていたが、一区切りついたところで王様が腰を上げ、私と握手して席に戻るよう促してくれた。

（こういうことだったんだ〜）

この席を勧められた本当の意味が理解できた。箱から立ち上がって周囲を見ると、ちょっとニヤニヤしながらみんなが私を見ている。どうやら、この流れは周知のことだったのだろう。

（観客一体型だったなんて……）

モリエール、気に入った！

その後私は同じ演目に2回足を運び、その席に座ったがために私と同じようにオタオタする観客を見ては
（わかる、わかるよ〜）

と頷き、ニヤニヤしながら楽しんだ。


その他、私は大小いくつかの舞台を観に行った。インの公演はチケットが高いので、基本的にはオフ中心に観て回った。一度だけ、インターンの高校の講堂がイン公演に使われるということで、これまた恩恵に与り、海外招待作品を観ることができた。

たしか、ポーランドの作品だったと思うのだが、フランス語の字幕が映画のエンドロールのように舞台右端で流れるようになっていた。

（海外公演だと、こういうふうにすることもあるんだ〜）

舞台に字幕が付くとは思っていなかったので感心するとともに、

（どっちも良くわからないだろうけど……）

言葉の壁は予想していたから、純粋に演技を楽しもうと思っていた。そう思ってはいたのだが、

（し、静かすぎる……）

男女4、5人が停留所でバスを待つ間、自分の境遇を語るというストーリー（だったと思うのだが、よくわからないまま観ていたので、人数も場所も設定もあまり覚えていない）。

ときどき、苛立ったような語気はあったものの全体を通して淡々と続くセリフや、動きが少ない登場人物。しかも幕間休憩が入る二部制。本当は休憩の時点で帰りたかったのだが、高いチケットをいただいてしまったので途中で退席するのは申し訳ない。それに、後で「どうだった？」と感想を聞かれたときに答えられないのも何だし、と自衛手段を取ってしまったため、最後まで席を離れずにいた。

結局、後半はほとんど寝てしまったので、自衛は何の意味もなさず、感想を聞かれたときも「よくわからなかった」と答えるハメになってしまったのだけれど。

また、この年は日本からオフで柄本明さん（劇団東京乾電池）が公演されるということで、私は早い段階でチケットを購入していた。だが、

「日本の舞台を観てみたい！」

というニコの希望もあり、彼がチケットを買うまで待ってから2人で観に行くことにした。演目は『授業』で、またしても舞台右端に字幕が。私は演技に集中できるが、聞き取れないニコにとっては

「どういう話かわかるからいいね！」

と字幕付きの舞台を喜んでいた。

（日本語をわかったうえで字幕を見るとどんなふうになるんだろう？）

私はたんなる興味で字幕を目で追ったりしてみたが、舞台の演技と交互に見るのは結構疲れる。演技はノンストップだから、「今、どういうシーンだったの？」と字幕を見ていたら次のシーンを見逃すし、かといってそのシーンがわからなかったら、つい文字に頼ってしまうだろう。

二次元と三次元の違いだろうか、映画の字幕とは異なり、舞台のそれは演者の一瞬の表情を見逃したり、全体の空気感を損なう危うさがあり、観る側の楽しさが半減してしまうように思えた。

（ニコはどう思っただろう？）

観終わった後で彼に字幕のことを聞こうと思っていたら、

「最後のシーン、びっくりしたよ！」

とニコのほうから感想が挙がってきた。

「言葉がわからなくても、だいたいどんな話かわかったしね」

どうやら彼も途中で字幕を見るのをやめたらしい。その後演技に集中していたようなのだが、この『授業』でのラストシーンの演出が鮮烈だったと言うのだ。私も同感だったので、帰り道では柄本さんはじめ、女性演者さん（江口のりこさんだったのではないかと思うが、定かではない）の話で持ちきりになったのだった。

フェスティバルが終わり、ポスターが一枚、また一枚と取り外されると、桜が散ったときのような寂しさが残る。インのポスターは公式に販売されているので、観光案内所や役所などに貼られ、終了後もきちんと管理される。だが、街中に貼られていたオフ公演のポスターは終わると処分される。あんなにたくさん賑わっていたのに捨てられちゃうのね……と勿体なく感じていたところ、

「欲しいポスターは捨てられる前に取っておけばいいわ」

とマリーから教えてもらった。

（勝手に取ったりして、怒られない？）

私はヒヤヒヤしながらも、ポケットに万能ナイフを忍ばせ、人目を盗んでいくつかのポスターをいただいてしまった。また、たまたま入った店に青い狼が描かれたポスターがあり、狼好きなマリーのために
「それ、フェスティバルが終わったらください！」

と予約しておいたのだが、終了後に店へ出向いたときにはすでに捨てられてしまっていた。

（フランス人との口約束は当てにならないわ……）

という思いと同時に、欲しいポスターは取っておけばいいというマリーのアドバイスに、なるほどね、と妙に納得したのであった。

ある日、卵が鶏を生む

あと2か月。インターンが終了し、ビザが切れるまでの間、私は他の仕事を探そうと考えていた。資金がだいぶ心もとなくなってきたことや、せっかく1年間有効のビザを取得したのだから、効力があるうちは有意義に使いたいと思ったからだ。

とりあえず、夏休み期間から募集している求人を探してみることにした。一応インターンとして日仏交流に携わってきたのだから、文化事業を担う企業やコミュニティセンターの他、大使館や領事館などの求人にも目を通してみることにした。当然だが、私のビザ残存期間に合致するような仕事が都合よく見つかるはずもなく、

（やっぱり、日本語を教えるくらいしかできないのかな？）

内心あきらめようと思っていたときだ。

「シホ、ヴァカンスは何をするの？」

ホームステイ先のＲＤＰマダムにたまたま夏休みの予定を聞かれ、

「仕事を探そうかと……」

と口にしてしまった。

「まあ、ヴァカンスなのよ！　仕事するなんて！　本当に日本人は働くことが好きな

のね！」

（いえ、本当なら私も旅行とか行きたいんですが、先立つものが……）

決して仕事が好きなわけではありません、と否定する前に、マダムが被せて質問してくる。

「どういう仕事を考えているの？　日本語の個人レッスンはどうなったの？」

「最初は４人いましたが、今は２人になりました」

「それじゃ今後もあまり当てにならないわね。ベビーシッターや家庭教師は？　うちの娘たちもやっているわよ」

「それはあまり考えてなくて……」

「じゃあ、何をやりたいの？」

「文化交流に関することとか……」

「それはそうね。インターンの経験を活かしたほうがいいわ。どういうところに当たるつもりなの？」

「求人広告は見たんですが、どれも長期間なので、永住ビザを持ってないと……」

私があきらめた様子で話す一方、マダムは
「応募してみないとわからないわ！　学校に推薦状を出してもらって、応募するだけしてみたら?」

と前向きだ。

「推薦状?　ですか?!?」

「そうよ。それがあれば、書類に目を通すくらいはしてくれるんじゃないかしら?自己紹介文には私が目を通すから、推薦状は校長に頼んでみるといいわ」

その日から、私は自分がインターンで何をしてきたか、自分に何ができるかなどを日本語とフランス語で書き上げ、フランス語のほうについてはマダムにビジネス向け文章に修正してもらった。

あとは校長に推薦状を頼むだけだ。自分を推薦してもらう書類を自ら依頼するというのはちょっと図々しいのでは?　と思っていたのだが、

「あなたはこの1年間、学校のためにずいぶんと貢献してきたわ。堂々ともらえばいいのよ」

とマダムに背中を押され、翌日には校長室のドアをノックしていた。

次の日、校長室に入った私は、挨拶もそこそこに担当直入、

「推薦状をください」

とムッシューGに告げた。

「ビザの残りの期間、求人に応募しようと思っていまして。だから……」

「推薦状？　いいとも」

校長は私が最後まで説明するまでもなく、あっさりとOKしてくれた。

（え？　そんなに簡単に書いてくれちゃうの？）

ポカンとしていると、校長は私を眼鏡越しに見ながら、

「まだ何か？」

淡々と問いかけてきた。私も
「いえ、あの……。ありがとうございます」

と簡単なお礼を伝え、そそくさと退室した。

当時の私は推薦状にどれほどの効力があるのかよく知らなかった。でも、その後観た『スパニッシュ・アパートメント』や『プラダを着た悪魔』では、紹介状や推薦状によって偉い人と話ができたり、仕事が決まったりするシーンがあった。

それらの書面は、地位や立場のある人との個人的つながり（いわゆるコネ）があって初めて通用するものだと私は思っていた。しかし、マダムが普通に推薦状をもらえばいいと言い、校長がすんなりと書いてくれるあたり、採用担当者は見ず知らずの誰

かの推薦状だったとしても、一応は読んでくれるのだろうか。

いずれにしても、校長からの書面を手に入れた私は、不躾にも募集条件には見合わない求人案件に、しれっと複数応募してみたのである。


その後、数週間は何の音沙汰もなく、一日一日が過ぎて行った。一つ二つの応募先からは、ご丁寧にお断りのメールや書面が届いたが、大抵はなしのつぶてだった。きっともうすべてダメということだろう、と気持ちを切り替え始めていた頃、一通のメールが届いた。それはある地域の日本領事館からで、応募書類の件で話を聞きたいので電話して欲しい、という内容だった。

そのとき、私は学校の図書館でメールを見たので、飛び上がって叫びたいのを我慢し、急いでテレホンカードを買いに外へ走り出して行った。

心を静め、公衆電話ボックスから領事館の番号を押す。指が震えているから、間違えないように、ゆっくりと。数回のコール音の後、電話口の女性が日本語で応答した。

「わたくし、求人案件に応募させていただいた者です。お電話を差し上げることになっておりましたので、ご連絡致しました」

久し振りの日本語に、声が震える。

「少々お待ちください」

電話口の女性が保留音に切り替えた。数分か、数十秒だったかもしれないが、胸の高鳴りがこめかみまで上がって来て頭が爆発しそうだ。

（マズい、担当者が出る前に酸欠になりそう！）

就職活動は初めてではないものの、前の活動からずいぶん間が空いていたので、緊張MAX！　ハンカチを握りしめて受話器を握っていると、

「代わりました」

中年くらいと思われる声の男性が日本語で電話口に出た。私は再度名前を名乗り、メールのお礼を言った。すると男性は私の言葉に被せるように
「君、ビザは持ってるの？」

とぶっきらぼうな声で質問してきた。

（送付書類に記載したけど、読んでもらえてないのかな……）

緊張が不安に変わる。

「今、ワーキングホリデービザで滞在しています。期間は2か月後までです」

「じゃあ、長期的に働けないいんだよね？」

まったく……というため息が聞こえてきそうな声で男性が問いかける。

「はい。募集条件は拝見しましたが、可能であればビザの有効期限内に働かせていただき、もしその後も継続して働けるようであればと思い、応募させて頂きました」

ビザの有効期限だけでも働きたいと思っての応募だったが、長期的に働けたら、という希望的意見まで口にしてしまった私に、

「あのねえ」

不愉快そうな声が返ってきた。

「君の言っていることは、卵が鶏を産むのと同じことなんですよ！」

ビザがあるから働ける。そんなことは百も承知だ。私が応募条件を満たしていないことも。それでも淡い期待をしていたのだが、現実を突きつけるには十分すぎる一言だった。

「わきまえず失礼いたしました。お時間を割いていただきありがとうございました」

口元をブルブルさせながらも、何とか返事をして電話を切った。まだ緊張していたのか、悲しかったのか恥ずかしかったのか。自分でもよくわからないけれど、いろいろなところが震えていた。

学校に戻り、マリーやラシェル、そしてイタリア語の教師ジャッキーに事の成り行

きを報告した。３人は
「2か月働きぶりを見て、良かったらビザを延長するか、就労ビザを出してくれればいいのに」

と言ってくれたが、それができないことをあらためて思い知っていたので、私はただ力なく笑うしかなかった。私たちの話を聞きつけたカンボジア移民の用務員さんがやってきて、

「それなら、偽装結婚すればいいのに」

と真面目な顔で勧めてきた。

「私の知り合いが日本人と結婚したいって。結婚すれば、あなたはフランスのビザをもらえるわよ」

私は聞き流していたが、移民2世や3世の多くがフランスより条件の良い国で働きたいと思っているようで、日本は治安や労働条件で人気があるらしい。日本人もフランスに留まりたいと思う人が多いようで、偽装結婚するケースが少なからずあると用務員さんは話していた。

「フランスに残りたいなら検討すべきよ。結婚して、あなたはフランスに残る。ダンナは日本で働く。お互いハッピー」

話を引き延ばす用務員さんとの間にジャッキーが入り、私を連れ出したあと、
「なんてことを勧めてくるのかしら！　偽装結婚なんて、冗談じゃない‼」
と自分のことのように憤慨してくれた。私は私で、偽装結婚が意外と身近に存在しているという事実に愕然としていた。

家に戻ってから、マダムにもお礼がてら出来事を報告した。きっとマダムのアドバイスがなかったら、私は校長に推薦状を依頼することはなかっただろう。そして、ビザもなく推薦状もない応募者に対して、採用担当者がわざわざメールを送ったり、電話で話をすることもなかっただろうから、私はそうしてもらえただけラッキーだったのだ。

結果は芳しくなかったが、私のために背中を押してくれた人がいて、推薦状を用意してくれた人がいたこと、そのことが何よりも私の気持ちを慰めてくれた。

その後、フランスに長くいたいという日本人には今まで何人も会って来たが、私の周りで偽装結婚した人はいないようだ。アーティストと称して高い税金を毎年払っていけば、フランスに留まれるというような話も耳にした。

愛を捨てるか金を捨てるか。

そんな選択をしなくても、私はまたフランスへ行く。期間は短いかも知れないけれど、次はいつになるだろう？　そんなことを考える今日この頃である。

ある日、アツさとゴンフルな風

猛暑、酷暑、炎暑……。日本では夏場の気温が上がり、さまざまな言葉でその暑さを表現している。気温が高いうえに湿気もある日本とは対照的に、フランスの夏はカラッとして過ごしやすいなどと言われることもあるが、フランスだって夏は暑い。

私がインターンで訪れたのは、ヨーロッパを熱波が襲い、フランスでも甚大な被害が出た年の翌年だった。にも関わらず、自宅のみならず学校にも冷房設備は整っていなかった。

元々、フランスの冷房普及率は低く、暑いときは窓を開けたり、川やプールなどの水場で体を冷やすという、シンプルでナチュラルな方法が取られていた。ときには若者が羽目を外し、お互いを噴水に落とし合って騒ぐような光景を目の当たりにしてきたが、周囲の人は遠巻きに眺めながらも「こんなに暑いのだから」と容認していた。

「気温が高くなる時間は外に出ないことね。窓を閉めて夕方までじっとしてなさい」

夏休みに入ってから、私はマリーの口利きで家を借り、ＲＤＰ家を出て独り暮らしを始めていた。一家が夏休みの間、家を空けてヴァカンスに出ることがわかったので決断した。ムッシューやマダムは一人で家を使っていいと言ってくれたが、鍵の一件もあり、お屋敷に一人で残ることに不安があったためでもある。

しかし、RDP家には冷房があったが、独り暮らしの部屋にそんなぜいたく品はない。フランスで真夏を過ごすのは初めてとなるため、私はマリーからの教えを守り、日中は出歩かず木扉を閉めて過ごしていた。

日射しを遮断すれば室温が上がらず、湿気も少ないので空気がこもることはない。

しかし、間接照明が一般的なフランスでは、木扉を閉めてしまったら、電気を点けても夜のように暗い。そんななかで本を読んだり、勉強するのはあまり気が進まなかった。テレビもインターネット環境もなかったので、しばらくは何するわけでもなく、音楽など聞きながら言葉通り「じっとして」過ごしていた。

そのうち、窓と木扉を半開きにして光を取り込み、動きのない生活からは離れたのだが、日射しで上昇する室温と、じわじわとこもってくる熱気に体力を消耗する。窓全開で風通しを良くすればいいのだが、

「窓を開けていると、タバコを投げ入れられたりするから閉めていたほうがいいわ」

というマリーの忠告もあり、窓辺の換気には注意を払う必要があった。

（せっかく夏休みになったのに、じっとしているっていうのも何だかな……）

時間はたっぷりあったのだが、滞在も終盤となり、長期旅行に行けるような蓄えが残っていなかったので、私は別の意味でおとなしく過ごしていた。かといって、暑さ、暗さを我慢するだけの生活なんて耐えられない。

ちょうど、ニコへの日本語レッスンもあったので、久し振りに太陽がカンカンに照りつけるなか、外へ出てみることにしたのである。

「暑いからやる気しない〜」

（そうだろうね……）

こんな暑い日に室内でレッスンなんて、どんな人でも多少モチベーションが下がる。普段からたびたびレッスンを渋ることがあったニコは、案の定最初からやる気ゼロ。

「日本人は暑くても仕事するんだね。フランス人はヴァカンスだよ」

（いや、レッスンはあなたからの依頼でやっているのであって……。それに、日本にもお盆休みとかあるからね！）

自分が頼んだにも関わらず、ニコは「日本人はウワサ通り働き過ぎだ」と呆れた口調で私に言い放った。雑誌をめくりながら、ベットでずっとゴロゴロしているニコを見ていると、私も何だかだらけてしまう。

これまでにも、レッスンそっちのけでニコが気ままに過ごすことがあった。最初は、重い本やら資料を持って準備してきたのに！　と腹立たしく思うこともあった。しかし、ときどきレッスンの代わりに近郊の小さな村や町を案内してもらうこともあり、その土地独自の風土や文化を体験できたことに感謝している。

たとえば、降雨量によって水位が大きく変化する泉に連れて行ってもらったとき。雨量が少ない年だったので、水が張っていたらわからなかった泉の内部を見ることができた。ゴツゴツした白い岩肌が、勿忘草《わすれなぐさ》色の縞模様で染まっている。底には水をたたえていたが、鉄紺と木賊色の水面が交わらずにグラデーションを構成していた。

澄んだ水辺に隣接した水車小屋がぎいい、ごとんと音を立て、屋内では昔ながらの紙すき製法を展示していた。ラヴェンダーを散らしてすかれた厚手の紙は、温もりがありながらも涼やかだった。

このように涼を感じる自然が身近にあると、部屋にエアコンがなくても何とかなりそうな気がしてしまう。ニコの部屋にもエアコンはないのだが、窓際がテラスになっているので木扉はなく、彼は日中でも窓全開で過ごしていた。部屋は5階建ての最上階にあり、タバコ投げ入れの心配がないうえ、風通りも良かったから、私の部屋よりも格段に心地よい空気が入ってきた。窓にかかる薄手のカーテンは日射しを通して部屋を明るくするだけでなく、風を受けてひらひらとなびいていたから、見た目にも爽やかだった。

（私の部屋もこんな風だったらな～）

同じ室内でも太陽の光が入ると、気分までキラキラしてくる。俄然、私は自分の部屋でも同じように過ごしたくなった。

「木扉を閉めなくても暑くならない方法ってあるかな？」

ニコに相談してみると、彼は肩をすくめ、

「ないんじゃない？」

と即答した。

（今、テキトーに答えたよね?!）

雑誌から目を離すことなく答えるニコにちょっとイラッとする。

「え～、じゃあ、閉めるしかないの？」

「ないない。そのために、木扉がカラフルなんだし」

彼曰く、南仏は夏の暑さと冬のミストラルで木扉を閉める環境にあり、開閉を前提としたデザインとして木扉は両面カラフルに塗られている。だから、夏場は閉めて中は涼しく、外は見栄え良くするものだ、とのことだった。

私の、閉めると暗いから開けて明るくしたいけれど、暑さもしのぐ方法を知りたい、というのはどうやら邪道な考えらしい。たしかに、きちんと閉じられた木扉が並ぶ家々のカラフルな窓辺はフォトジェニックなスポットになっているが、明るさに慣れてしまっている日本人としては、間接照明だけではどうにも暗い！

「ここではそれが当たり前だから。シホも日中寝ておいて、夜出歩けばいいんじゃない？」

フランスの夏は日が長いから、夜の9時を回っても夕方くらいにしか感じない。だからといって、ニコの言うように昼間寝て過ごしたいとは思わなかった。でも、日本のように電化製品が安く簡単に手に入ったり、保冷材や貼るとひんやりするシートが流通している環境でもない。暑さと暗さ、どちらを取るか迷った挙句、ドラキュラ的な生活を始めてみることにした。

日が高い間は活動を控えるようになってから数日が経った頃、

「広場に大道芸が来てるから見に行かない？」

とニコからお誘いがかかった。日が傾いてからもたいして外出していなかった私は、一も二もなくＯＫし、颯爽と街に繰り出した。

目抜き通りの突き当りにある広場はホテルやカフェが周りを囲んでいる。日中出歩けずに屋内で過ごしていたと思われる観光客も、ここぞとばかりに集まって来ていた。

「民族楽器を演奏しているみたいだね」

ニコは背が高いから普通にしていても見えるようだが、私は人山をピョンピョン跳ねないと様子がわからない。「ちょっとごめんなさい～」とかきわけて前に行ってみると、民族衣装っぽい装束を身に着けた白人男性が、大きな鍋のような楽器を手で叩いたり、指を沿わせたりしながら音を出していた。響きがシンキングボールと似ていて何とも心地良い。扇子で涼をとっていた女性があおぐのをやめたように、その音色は清々しい空気を運んでくれた。

「あれ、家に欲しいな～」

ティンパニを持っているニコは目を輝かせている。聾唖の彼にとって、音は聞こえないものの、振動を感じられるものはアンテナに引っかかるらしい。

少し離れたところではジャグリングをやっていた。ローマ時代の遺跡があるような街の、重厚な石造りの広場を背景にすると、オレンジの炎はとても映える。だが、こう暑い最中だと、みんな近寄るのを少し敬遠していた。

「何か暑くなってきたね。他も見てみる？」

ニコは長居したくない様子でその場を離れようとする。一生懸命に炎を操るジャグラーにちょっと同情しつつ、私もニコの意見に賛成し、石畳の街中を散策する。風鈴でもあれば少しは心地良い気分になれそうだが、プロヴァンスではセミが一つのシンボルとなっているので、そこここの屋台から漏れ聞こえてくるジージーという鳴き声が煩わしい。

「あれ？」

突然、ニコが通りの角で立ち止まり、何かを手にした。

「これ、新しくない？」

ニコの背中越しに見てみると、新品同様の扇風機だった。卓上に置けそうな小ぶりサイズで、劣化らしい痛みはないように思えた。ニコが上下に振ってみると、カタコトと小さな音がした。

「どこか壊れたのかな。まだ使えそうなのに……」

汚れもない真っ白な扇風機が、街の片隅に捨てられている。私は何だか放っておけない気持ちになった。

「動くかどうか、試してみる？」

ニコも捨て置くには惜しいと思ったようだ。私たちはその扇風機を持ち帰り、分解してみることにした。

まず、音がしていた背面を開いてみると、鉄板と接続部分が見え、小さな金片がコロンと落ちてきた。小学生の理科の実験で、電気を通すときに使ったような簡易的なものだ。スイッチを入れると接続部分が鉄板に触れ、動力が発生する仕組みになっている。

落ちてきた金片にもサビや断裂などはなかったので、恐らく、接合が甘くゆるんでしまったために金片が外れ、スイッチを入れても羽が回らなかったのだと推測できた。フランス人が電化製品にあまり強くないと聞いてはいたが、ちょっと動かなかったからといってすぐに捨てちゃうの？　と唖然としてしまう。

文系の私でさえ仕組みがわかってしまうような簡単な作りなのだから、中を見てみたら持ち主にだって解決できたんじゃないだろうか？　と残念に思えた。

金片を2箇所ある釘のような出っ張りにねじり付け、指で押してみる。押すと鉄板に触れることを確認し、電源を入れてみることに。

「ニコ、まだコンセントにささないで……」

まだ手を離していなかったので、私はニコに注意を促した。だが言い終わる前に、ニコが電源を入れてしまった。その瞬間、バチッ！

「……！　いったぁ～‼」

私の指から火花が飛び、親指と人差し指の爪が少し黒くなっていた。

(何してくれてんねん！)

私は驚愕と怒りが混在した表情をニコに向けたと思うのだが、ニコはニコで目が飛び出すほど真ん丸に見開き、顎が膝につくくらい身体を丸め、ソファーで固まっていた。

「今の……。感電？」

「したよ！　した‼　熱いし痛かった！！！」

私は黒くなった指をニコのほうに差し出したのだが、ニコは私の指を取って笑っている。

(笑うところじゃないんだけど⁈)

しかし、私も彼につられて苦笑してしまう。

「ニコ、待ってって言ったじゃん！　怖かった～！」

「ゴメンゴメン！　ホントに感電ってするんだね！」

(他人事だと思って！)

ともかく、落雷のような激しさはなかったものの、生まれて初めて感電するということを体感したのであった。

本当は、その扇風機を私がもらいたかったのだが、

「お母さんに見せたいから」

とニコが言うので、彼のお母さんが訪ねてくるまで彼の家に置かれることになった。

ニコのお母さんが来たとき、私もレッスンで彼の家にいたのだが、

「どう？　これ、拾ったのをシホと二人で修理したんだ」

修理というほど大そうなことはしていなかったが、ニコは得意気にお母さんの前で扇風機を回して見せた。お母さんの髪がブワーっと風に舞い踊る。

「やめてちょうだい。これはゴンフルだわ」

あのとき、お母さんは『ゴンフル』という言葉を使い、ニコは肩を落として扇風機を止めていた。意味がわからなかったので、私は後で辞書を引いてみた。私が予想していた『煩わしい』というような意味ではなかったものの、ニコの様子を察するに、お母さんにとってはあまりうれしいものではなかったようだ。

「私は自然の風がいいわ」

ちょっとがっかりしていたようなニコに、その場で扇風機ちょうだいとは言い出せず、その後もゴンフルなそれはニコの家に置かれることになった。

結局、私は「この暑さに耐えるのも今年だけ！」と、ガチで暑さと対抗することに決めた。そのため、用もないのに冷凍食専門のスーパーに出向いて店内をウロウロしたり、冷房の効いた郊外の大型複合施設にわざわざ足を運び、一日を過ごしたりした。あの手この手で人工的な涼を提供してくれる場所を渡り歩いた結果、私は何とか冷房ナシの夏を凌ぎ切ったのである。

ニコのお母さんが言うように、フランス人にとっては夏の暑さもまた自然と一体であり、冷房を整えるより、自然と共存していくのが彼ら流なのかもしれない。そもそも、接合がゆるんだだけの扇風機を捨ててしまうくらい、電化製品に弱い彼らのことだから、器具のメンテナンスよりも暑さに耐えるほうがいいと思っているのかもしれない。

もしそうであったとしても、私としては、ひと夏のアツ〜い体験をしたゴンフルちゃんを、ニコがその後も使ってくれていたら本望なのですが。

ある日、水着は重要？

私はビキニを着たことがない。

もとい、幼児のときに着たことがあった。その頃は言葉通り幼児体型なのだから、寸胴でも年齢的に許されていた（と思いたい）が、自分ではあまり好んでいなかったと記憶している。しかも、ビキニを着て海水浴をしていたのではない。母が、「泳げないと困るから」という理由で、水泳教室に通わせ始めた当初のことである。

私が通っていた水泳教室は体操やトランポリンのコースもあり、今ではオリンピック選手なども輩出しているようである。母は当初0歳児水泳というコースに私を通わせ始め、途中退会したこともあったが、私は10歳過ぎまで週1回、その教室で泳いでいた。

ビキニを着た記憶があるのは、3歳くらいになっていた頃だったと思う。教室に通うにあたり、競泳用の水着ではなく、一般のワンピースタイプとビキニタイプの2着を着まわしていたときだった。

あるとき、ビキニタイプを着て教室に行った際、コーチが「お、ビキニ、可愛いじゃないか！」と声をかけてきた。コーチは若くてノリが良くテンションの高い男性だったが、次にワンピースタイプを着て行ったとき、「なんだ、今日はビキニじゃないの？」と言ってきた。

家では『ぶんぶく茶釜』とからかわれていた私にとって、タヌキのようなお腹のほうがいいなんて変わった人だ、と思っていたが、今となっては思い違いですね。まったく、男性ってやつは（笑）。

その後、幼稚園に入った頃には競泳用の水着に変えていたから、ビキニを着たのはほんの一時だったと思うが、それ以降、お腹を出すコスチュームは着ていない。

南フランスでのインターンが決まったときも、海が近いからといって泳ぐつもりはまったくなかったから、水着の用意などはしていかなかった。せいぜい、波打ち際を歩いたりして足を浸せたらいいかな？　くらいに思っていたのだ。


「ねえ、海に行こうよ」

カトリーヌの娘、フローレンスからの突然の提案に波打ち際で日光浴……と考えた私は「そうだねぇ」などと呑気に構えていた。

週末は天気が良さそうだということで、マリーとカトリーヌ、フローレンスに、マルセイユで暮らすカトリーヌの甥っ子フェリックスも誘って、５人で海へ行くことになった。

予報通りの晴天で絶好の海日和となった週末。マリーの家へ出向いた際、私はカトリーヌとフローレンスがビキニを着ている場面に遭遇した。

余談だが、当時フローレンスは14歳。すでに身長は私と同じくらいで、『パニックルーム』に出演していた頃のクリステン・スチュワートのようなクールビューティーだが、もっと素朴な感じの子だった。

(えっ、水着？　もう着てるの？)

行く前から着替えていることに驚いていると、それを察したカトリーヌが
「向こうでは着替える場所がないから、着こんで行くのよ」

と私に告げた。ふ～ん、脱衣所とかないんだ……とまだ事態を理解していなかった私を、カトリーヌの言葉がさらに驚かせた。

「シホにも持ってきたから。たぶん、着られると思うわ」

「ハァ⁉」

一瞬、ビキニか？　と硬直する。

(幼児体型の頃は許されても、今はちょっと……。いや、許されても私的にムリなんですけど？)

勝手に焦っていたところ、カトリーヌから差し出された水着は、なんと、フローレンスが小学生の頃に着ていたスクール水着だった。

「身長が伸びちゃって、あまり着なかったの。新品じゃないけど、良かったら使って」

にっこりしているフローレンスとは対照的に、私は愕然とした思いから表情が強張っていた。

（いやいやいや……。ビキニも着たくないけど、彼女が小学生の頃の水着を、30代の私が着るんですか？　なんの罰ゲーム⁇）

私の気持ちを察してかどうか、カトリーヌがもっと仰天発言をする。

「着るのが嫌だったら、下着でもいいのよ。誰も気にしないわ」

（ムリムリムリ〜！　私が気にする‼）

しかし、彼女たちは善意の塊である。どうやら、海へ行く提案をされたとき、水着を持ってきていないから泳がないで日光浴にすると私が言ったことから、わざわざ昔の水着を引っ張り出して持ってきてくれたのである。

「で、でも、車で行くんでしょ？　着替えられないんだったら、帰りはどうするの？」

「大丈夫。今日は上着も貸すし、車のシートにビニールを敷くから、濡れても心配ないわ」

水着を着ない日光浴という選択は、彼女たちの中にないらしい。ご丁寧にラッシュガードと短パンまで用意してくれた好意に反することができず、私は複雑な思いでスクール水着を広げてみた。

私が小学生の頃は、胸の中央辺りにクラスと名前を書いた布を縫いこんでいたが、それがなかったことが唯一の慰めになった（今は日本の小学生でも名前など書かれていないと思うが、このときは感覚がマヒしてしまい、そんなことですらホッとした）。

バスルームで水着の上にラッシュガードと短パンを着てみる。すべてフローレンスのものだが、まだ10代の女の子と自分のサイズが合ってしまったので、大人の女性としてちょっと複雑な心境だ。

傷心のまま部屋に戻ると、フェリックスが短パンにタオルを頭から被ったボクサースタイルで合流していた。彼の母親は息子を預けて帰るらしく、カトリーヌと話をしていたが、私が入ってきたことに気付くと、

「太陽をたっぷり楽しんでね」

と笑顔を見せた。

（水着じゃなければもっと楽しめるんだけど……）

天気とは裏腹に、晴れない気持ちで出発。向かうのは、サント・マリー・ドゥ・ラ・

メールというカマルグ近くの港街だ。３人のマリアが流れ着いた街として有名で、召使だった黒人サラの像を海へ返す儀式が毎年行われている。

「儀式の頃は特に混むけど、今日は天気がいいからそこそこ混んでいるかもしれないわ」

そう言ったカトリーヌの予想通り、駐車場の空きスペースを探すのに15分ほどぐるぐると巡回する。

「先に行っていて。止めたら合流するから」

（いやいや、そんなに急いでないから……）

なるべく水着でいる時間を短くしようと、止めるまで車内にいようと思っていたのだが、子どもたちに促され、カトリーヌに駐車を任せ４人で砂浜へ。走り出すフローレンスとフェリックスの後から、マリーと私はゆっくりと歩いて行った。

「私は本を読んでいるわね」

マリーは家でも外でも天気がいいと必ず日当たりの良いところに座る。ここでも日射しの下でパラソルも差さずにシートを広げたが、泳ぐのはあまり好きではないらしく、本を数冊持って来ていた。そんな彼女でさえ、水着を着こんでいるのだから不思議だ。

カトリーヌが浜辺にやってきた頃、フローレンスとフェリックスはひと泳ぎして砂浜で泥団子を作り、お互いの体にぶつけ合っていた。

（こういうところはまだ子どもなのに、私のほうがスクール水着って……）

周りを見渡してみても、スクール水着はおろか、ワンピースタイプの人もほとんどいない。本を読んでいるマリーも、ビキニではないもののセパレートタイプの水着だったし、砂に足を取られ、転んで泣いている小さな子どもだってビキニだった。

（ヤ、ヤダ……。ここでこんな姿をさらしたくない！）

周囲の人からすれば、14歳のフローレンスよりも子どもっぽく見えるかもしれない私がスクール水着を着ていてもおかしくはないのかもしれない。だが、30代でスクール水着を着るようなフランス女性は皆無のはず。日本女性もそれなりの格好をしなくてはいけないんじゃないだろうか?!

「まだ泳いでなかったの？　待っていなくても良かったのに」

カトリーヌは荷物を置くと、早々に上着を脱ぎ始めた。

（待っていたわけじゃないから……）

マリーが本を読んでいるのをいいことに、私も着替えず砂浜に座っていた。

「ほら、本なんていつでも読めるでしょ？　少しは泳ぎましょう！」

カトリーヌはマリーの手を取って促し、

「シホもせっかく来たんだから、海を楽しんで！」

と手招きした。

（旅の恥はかき捨てるべきか？）

もう会うこともない異国の地の人々の、いったいどの程度にスクール水着が記憶されるものか。きっとすぐに忘れ去られる！

（海の中に入っちゃえば見えないんだから！）

私は意を決し、素早く上着を脱ぐと猛然と海へ突進した。

（よしっ、もうすぐ海水浴客に紛れられる！）

あと少しで海の中……というところで、背後からカトリーヌの声がかかる。

「シホ！　あまり遠くへ行かないで！」

（そっ、そういうセリフは子どもに対して言うものでは⁉）

カトリーヌとしては、外国人の私を気遣っての発言だが、ただでさえスクール水着、しかも海にダッシュするなんていい大人はしないことをやっているだけに、今の私には相当イタイ。しかも、カトリーヌはかなり大きな声で呼びかけたから、周囲の人が私に気付く結果となってしまった。

（ま、まずい、記憶に残らないようにするはずだったのに！）

余計に恥ずかしくなり、私は返事もそこそこに水の中へダイブし、早くこの場を離れようとした。

（顔出して泳いでる場合じゃないわ！）

海の中にも関わらず、顔をつけ全力でクロール。うっ、目が痛い。潮辛い！

海水浴客のなかでトライアスロンさながらに泳いでいるほうが注目されそうだが、人の多い浅瀬を無事抜け出し、少し離れた場所で顔を上げる。当然だが、周囲の人は誰も気に留めず、自分たちの余暇を満喫している。カトリーヌとマリーは浅瀬で水遊び程度に海の中へ入っていた。

（良かった……。このまましばらく漂っていよう）

もう少し先へ行きたい気もしたが、また呼びかけられても困るため、みんなから見える位置を並行に行き来することにした。

（ちょっと限界かな？）

30分程波間をゆらゆらと泳いだ頃。もう少し海の中にいようと思っていたのだが、段々寒くなってきたので、なるべく人の少なそうな場所を選び、浜へ上がる。

（みんなはどこだろう？）

4人が泳いでいるような姿はなかったので、シートを敷いたところに戻ってみる。

「シホ！　助けて〜！」

フェリックスが砂の中に埋まりながら手を振る。フローレンスはさらに埋めようと、その手を押さえながらざらざらと砂をかけていた。マリーとカトリーヌはシートの上で仰向けに寝ている。

「フランスの海はどう？」

サングラスを外したカトリーヌの目元はすでに焼けている。

「日本より波が高いような気がするけど……。でも、楽しかった」

すぐに上着を着たい私は曖昧な返事をした。

「そう、それなら良かった。私はもう少し焼くわ」

そう言って日焼け止めを取り出したカトリーヌは、おもむろにトップレスになった。

（ひえっ！）

突然すぎる出来事に思わず視線を逸らす。マリーは動じる様子もなくそのまま寝転がり、フローレンスとフェリックスもまったく気にしない様子で遊び続けている。周囲を見渡してみると、同じようにトップレスの女性が何人もいて、寝そべったり普通に話をしている。

「水着を着けていると、まだらに焼けちゃうでしょ。きれいじゃないのよ」

（そういう理由なの？）

トップレス文化がない日本人からすると、見ているほうがドギマギしてしまうが、カトリーヌも他の女性も堂々としている。周りの男性もじっと見つめたり、冷やかしたりするような人はいなかった。

近年、トップレスの女性は減少しているようだが、友人だけでなく娘や甥の前でも平然とトップレスになるフランス女性の海水浴事情に接し、この海での出来事は忘れられない思い出の一つになった。

後のことになるが、フランス旅行中に知り合ったパティシエ修業中の日本人・ユキさんは、仲間から泳ぎに誘われたとき、私と同じで水着を持っていなかったらしい。彼女は「フランスだし、周りにも同じような人がいたから」と、トップレスになったと言っていた。すごい度胸！　スクール水着であたふたしてしまう私とは大違いだ。郷に入れば……と言うが、まだまだ私はフランスに溶け込んでいなかった。

……いや、でも待てよ？　いくら郷に入っても、私はトップレスにはならないよね？

結局のところ、自分は自分。スクール水着を着て慌てふためくくらいが、私らしい。

ある日、フランスで qoui de neuf？

フランスを離れ、すでに1年半が経っていた。日本に帰国後、私は就職し、またがむしゃらに働く日々に戻った。だって、預金全部使い果たしていたんだもん。忙しく仕事に精を出すなか、私の頭の片隅にはいつもフランスへの思いがあった。

フランス滞在中は、たくさんの人たちから支援や慰め、励ましをもらった。自宅へ招かれたり、レジャーや旅行に誘われ、一緒にかけがえのない時間を過ごすことができた。溢れ返るほどの思い出と、多くの人に恵まれた1年だった。その都度、お礼やお詫びの言葉を伝えてきたつもりだが、最後にきちんと感謝の気持ちを伝えたいと思っていた。

だが、ビザの有効期限を迎えた8月下旬、私は非常にあっさりと、帰国の途についてしまった。

季節は夏のヴァカンスシーズンである。私が感傷に浸りながら荷造りに勤しむ最中、みんなは開放的な気分のなかで、余暇を満喫しているところだった。私が良くしていただいた人たちも、帰省や旅行で大抵は不在にしていた。

そのため、私は一人ひとりに直接感謝を伝える機会がないまま、日本へ戻っていたのである。

あっさりさようならしてしまったフランス。帰国後、お世話になった皆さんには手紙を書き、拙い文章で自分の気持ちを並べ立ててはみたものの、何かをやり残したような、後ろ髪を引かれる思いがずっと心をざわつかせていた。

その後も季節の便りやメールでお互いに近況を伝えてはいたが、私の話の中身は次第に通り一遍になっていた。

みんなが知らせてくれる南仏の日常は、先生の転出があったとか、庭にラヴェンダーが満開だとか、ちょっとしたことではあるが、私の郷愁を誘い、温かく穏やかな気持ちになった。それとは対照的に、私は自分の日常に変化を見つけられず、仕事ばかりで心をなくしていた。

長期滞在は難しくとも、またみんなに会いたい。あの街の空気に触れたい！

帰国後1年半の歳月が流れ、日本の就労形態に身も心もすっかり侵食されていたが、私のすがるような願いは、ワラならぬ勤務先企業の福利厚生によって実現されることになる。

私が勤めた会社は、幸運なことに、勤務1年が経つと5日間の連続休暇を取得できることになっていた。私はこの5連休に前後の土日をくっつけ9連休にして、ビザなしの観光でフランスへ舞い戻ったのである。

おなじみのインターン同僚メンバーの他、お世話になった人たちに渡仏の連絡をする（ニコはその時期もう街にいなかったので連絡はしなかった）。手紙だと時間がかかるので、メールで到着日と滞在期間、宿泊するホテル名と連絡先を知らせておいた。でも不思議なことに、いつもは比較的早く返事をくれるメンバーなのに、今回は返信がなかった。普通なら不安になったところだが、再訪の機会に舞い上がっていたのだろう、「まあ、着いたら連絡すればいいし……」と、それ以上私は気に留めなかった。

浮足立っているのは前回と同様だが、空港での入国手続きも、高速鉄道への乗車も、じつにスムーズに事が運ぶ。鼻血も詰問もナシ。季節は冬で曇天だったから、車窓からの景色はどんよりと薄暗く、木々も葉を落とし、干乾びた大地が寒々しい。それでも、私の気分はいたって晴れやかだった。

懐かしい街に到着し、「ああ、またここに戻ってこられた！」と幸せをかみしめる。目抜き通りの両サイドに植えられたプラタナスが、以前と変わらず私を迎えてくれる。樹木の病気で、年々プラタナスが切り倒され、景観が一変した地域もあるようだが、どっしりと立派な姿を留めていることにホッとする。

公園や映画館、モノプリもそのままだ。

ラシェルはランチのサンドイッチを片手に、よくそこでベリンの洋服を見ていた。「モノを食べながらお店へ入って大丈夫?」という私の心配をよそに、彼女は「見てるだけなんだけどね」と屈託なく笑っていたものだ。

マリーやジャッキーに連れて行ってもらった、本屋カフェも健在だ。薄暗い室内には、天井まではめ込まれた大きな棚に、分厚い本が並んでいた。外からは本屋にしか見えないが、奥に入ると木陰のある庭のようなスペースに、海老色をした革張りのソファーが置かれていた。きっとあのソファーは今日もまた、コーヒー片手にゆっくり読書するお客をふかぶかと受け止めているのだろう。

そういえば、粉砂糖がたっぷりかかったアラブ菓子を売るお店の前を、「わ~、甘そう!」などと思って通っていたら、右斜め前方から来た車に追突されそうになったんだった。歩道との境にあるガード杭に守られたけど、あのときの車はブレーキが効かないみたいで、女性がハンドルを握りながら何か叫んでいたなぁ。

あ、あそこのカフェ、首に『あ』という刺青を入れた男性がいて、ニコが爆笑してたっけ。指差して笑うものだから、私はいちゃもんつけられないか、ヒヤヒヤしてたけど。道を歩いただけで、たくさんの思い出がよみがえる。

通りの突当りにある広場を少し外れ、予約したホテルへ足取りも軽く到着。フロントは3名くらいの客を同時に対応できるだけの広さがあったが、平日だからか、私以外の客は見当らない。

部屋にはベッドと、少し曲がった金属ハンガー1本しかないクローゼットに、ガタガタする机のみ。バスルームには石鹸1つだけでアメニティもない。まあ、安宿だし、みんなと会っていたらここでは寝るだけになるだろうだから、気にしない気にしない。

（さあ、誰か連絡をくれているかな？）

私は心躍らせ、荷ほどきもそこそこに、フロントへメッセージを確認しに行った。しかしどうしたことか、誰からも私宛の連絡は入っていないとのことだった。外の天候を一気に吸収してしまったかのように、私の心中に暗雲がドドーンと広がる。

（1年半も経つと、もうどうでもよくなっちゃうの？）

いつまでも友達として、親しみを込めて迎えてもらえると思っていたのは独りよがりだったのか?!

……歓迎されてない疑惑、再び？

「男の子が来ると思っていた」と告げられた2年半前を思い出し、こめかみがドクドクし始める。ベッドに腰を下ろすと、途端に身体が重くなったのを感じた。あらためて、部屋を見渡してみる。

(なんか、寂しい内装よね……)

一部薄汚れていたり、剥がれたりしている壁紙がわびしい。セミやオリーブやラヴェンダーが描かれたプロヴァンサルなクッションやシーツでもあれば、少しは気も紛れそうなのに。だが、クリーム色で統一された室内は、南仏を一切感じさせなかった。ハンガーにかけたコートは肩がズルズルして形が定まらず、さらに私をアンニュイにさせた。

ベッドに大の字になり、天井を見つめる。焦点が合わないのか眠気のせいなのか、視界がゆら〜りと揺れている。目を閉じ呼吸を整えたのち、私はおもむろに身体を起こし、カバンから携帯を取り出した。メールを確認するが、フランス語のものは1通もなく、日本語の広告メールばかりだった。

「……」

携帯の電話帳から『その他』欄を検索し、ボタンをプッシュする。数行のメールを打ち、それを何度かコピーして送信を繰り返したあと、私はベッドに2つ備えられていた、クタっとして芯のない枕に顔からダイブした。

それから数時間後。

かつて何度も通り抜けた、懐かしい学校の車用門扉の近くへ出向いて行くと、ラシェルとベリンが頭の上で大きく手を振りながら、こちらへ歩いて来た。

「シホ！　元気そうね‼」

ああ、何も変わっていない。

ラシェルはその人柄も笑顔も、そして持っていた赤いリュックまで以前と変わっていなかった。ベリンは少し背が伸び、好きな色の好みもちょっと変わったらしいが、愛くるしさは1年半経ってもそのままだ。

「連絡しなくてごめんなさいね。みんな、あなたが隣町に滞在すると思っていたの。近くなのにこの街へ来ないのはどうしてなのか、みんな不思議がっていたのよ」

どうやら、さっきの安宿の名前が、隣町の地名と偶然同じだったらしい。

（いや、でも、ホテルって書いたけど？）

出発前にみんなに送ったメールを見返してみても、ホテルの名称だとわかるように書いてある。

「きっと、誰かが隣町のホテルに泊まるって勘違いしたのね」

（住所と電話番号も書いてますけど……）

この街に滞在するのだと気付く人がいてもいいのでは？　とは思ったが、友達と思っていたのは独りよがりではなかったという安心感から、私の心にはまた晴れ間が広がってきた。

勘違いはあったものの、歓迎されていない疑惑が取り払われたところで、今度はラシェルが私に疑問をぶつけてきた。

「それにしても、どうしてホテルなんか取ったの？　うちに来てくれればいいのに」

「あ～、平日だったから、仕事があると思って」

というのは建前で、本当はかつての失敗が私を躊躇させたのだ。

私がパリの語学学校に通っていた頃、「いつ来てもいいから！」と言ってくれた女性がいた。それを私は真に受け、再訪の際、ホテルも取らずに彼女に連絡してみたところ、あっさりお断りされてしまった。

慌てて宿を探したのだが、安宿にはまったく空きがなかった。段々日も暮れ、辺りが真っ暗になっても私は宿を見つけられず、焦りと不安とスーツケースの重みが相まってヘトヘトに。とうとう観念し、自分1人の旅では絶対泊まらないようなオペラ座徒歩5分、ダブルベッドがある大きな部屋にこぢんまりと寝泊まりしたことがあった。

　社交辞令を鵜呑みにしてはいけない！

　インターンでの1年間で、みんなの人となりは充分わかっていた。特にラシェルは、私が人生で出会った人の中でもとりわけ善良で親切で温かい人柄なので、私の頼みを二つ返事で引き受けてくれただろう。

（でも、もし断られたら？）

　過去の体験から、ためらいと遠慮の壁が心にせり上がる。ラシェルの言っていたことが社交辞令だったら……。ちらっとでもそんなことを思う自分に嫌気がさす。

　そのときだ。

「あなたの部屋はいつも用意してあるのよ！　我が家へいらっしゃい！」

　私の心の壁や葛藤などものともせず、ラシェルはそれらをあっさり乗り越え、私の懐へ飛び込んできた。

　驚きとうれしさの反面、

（いや、でももうホテル代払っちゃった……）

　あの安宿で過ごすことを覚悟し、支払いを済ませた直後だったので、さまざまな感情から私は複雑な面持ちになっていたようだ。

「遠慮なんかすることないのよ！　ホテルで一人寂しく過ごすより、みんなでいたほうが楽しいでしょ。フランスへ来た時は、うちを自宅のように思ってくれていいのよ」

変わらない優しさで接してくれるラシェル。胸の奥底に源泉が湧き出たかのごとく、私の体内に熱いものがこみ上げてくる。

本当なら、この情愛に浸っていたいところなのだが、

（最終日はどうしても街から出発しないと電車に間に合わない！）

現実的な考えがよぎる自分がさらにイヤ。そういうこと、いったん忘れられないのかね？

サウナと冷水を行き交うときのような、心と頭の葛藤。結局、私はホテルをキャンセルせず、部屋に一部の荷物を残したまま、最終日を除く滞在期間中、ラシェルのお宅へお邪魔させてもらうことにした。


高校のみんなへはラシェルから連絡を入れてくれたようで、久し振りに学校の門をくぐる。教員カフェへ顔を出すと、馴染みの顔が何人かいた。特に仲が良かったわけではなかったが、私の存在に気づいても「あら」程度で会話はナシ。

まあ、ガッカリすることもないのか。私も名前覚えてなかったし。

このあと食事に出かけるメンバーとは外で合流することになっていたから、その間、私は各部屋を回って、挨拶できそうな人に声をかけた。

マルティヌは
「隣町なんておかしいわね、って話してたんだけど、ホテルの名前だったのね！　あらためて連絡をくれて良かったわ！」

と再会を喜んでくれた。彼女は授業があるということで、食事には一緒に行けなかった。でも、時間があれば走っていることなど、相変わらず快活な毎日を送る様子を聞くことができた。

養護教諭のジャッサンはタイ式の挨拶でおっとり、「お元気でしたか～？」と返してくれ、写真好きのムッシューは「やあ！　元気にしてた？　今回はどうして？」と握手してくれた。彼はインターン終了の際、行事に参加していた私の写真を何枚か見繕ってプレゼントしてくれた。いつも誰に対しても明るい彼の振舞いには、ずいぶんと慰められてきたものだった。

校長のムッシューGはお忙しいということで、ご挨拶できなかった。確認はできなかったが、きっと今もなお、鮮やかな服装でみんなの目を驚かせていることだろう。

みんなと合流する時間になったので、ラシェルに連れられ、カフェに顔を出す。やっとマリーやジャッキーに会え、久し振りの再会に自然と笑顔がこぼれる。

まだ日が高いうちからワインで乾杯！　赤・白のデキャンタがテーブルに並ぶ。野菜でもお肉でも、「この料理には赤！」とか堅苦しく言われないところが気楽に楽しめる。イタリア系のマリーとジャッキーは両方イケる口だが、ラシェルはもともとお酒が弱いので、「シホとの乾杯だけ、ちょこっと」とお付き合いしてくれた（その気持ちがまたうれしい！）。

もちろん、ベリンはノンアルコール。お酒が入る席でも大人と同席し、会話を聞いているのだから、海外の子どもの考えが大人びてくるのもわかる気がする。

タイムやローズマリーの香草がたっぷりかかったトマトやナス、ズッキーニのオーブン焼きに黒と緑のオリーブがちりばめられ、牛肉やラム肉にはクスクスが添えられている。彩や香りが記憶を刺激し、舌が懐古していた味をはっきりと思い出させてくれる。

そういえば、インターン高校の学食の定番、クスクスとクッタクタに煮込まれたサヤインゲンの取り合わせ。たまに利用していたけど、どんなに「少な目！」と言っても、いつも大量に盛られるのには閉口したっけ。両方味付けされていないから、残さないように食べるのに苦労したなぁ。

そんな話を交えながら、みんなと昔話で盛り上がった。

「私たちとアフリカに行けなくなったとき、シホは校長に食ってかかったのよね」

プレコスの生徒たちとマリー、ラシェル、ジャッキーがモロッコに行くことになったとき、私も同行できないか、3人が掛け合ってくれたのだ。だが、ムッシューGは
「来年度の日本クラスに向けた活動を学校でして欲しい」と言って、許可してくれなかった。私は1年しかいられなかったから、「それなら来年も雇ってくれるんですか？」と尋ねてみたのだ。答えはNO。

「私を雇う予定がないのに、次年度の話をされたから、悔しくなっちゃって」

「いつもは小さくなっていたのに、あのときは珍しく大きく出たわね」

マリーがいつものようにククク ッと片方の口の端を上げて笑う。あのとき、3人は私を慰めるため、手のひらサイズの小さな本に寄せ書きをしてプレゼントしてくれた。悔し泣きをこらえるとき、私はそれを見つめて自分を奮い立たせるようにしていた。

「あれはとってもうれしかったし、今も部屋の見えるところに置いてあるんだ」

あらためて3人にお礼を伝える。

「日本展が開催されたときは、本当に嫌な思いをしたわね」

ラシェルが子どもには聞かせられないというように、ベリンの耳をふさぐ仕草をする。街の博物館で日本に関する展示があったのだが、誤った概念を植え付けるような一部の内容に、私は憤りを覚えたのだ。

1階は草間彌生さんのドットの部屋だったので、これは良かったのだが、2階は中国と日本を混同するような展示があり、生徒を引率したとき説明に困ってしまった。しかも、下見をした学校側から、「3階には立入禁止！」と言われていたので、私は何が展示されていたのか知らなかった。だが、個人的に観に行った生徒や教員から、

「日本人ってあんな感じなの？」

とニヤニヤしながら意味ありげに聞かれたので、一体何がどんな風に伝えられているんだ⁉ と一人で見に行ってみたのだ。

「……」

『パリ、恋人たちの2日間』でアダム・ゴールドバーグ（と、おそらく映画を見た観客の一部も）が困惑したような内容じゃないか！ 日本人は日常的にこういう会話をするほどあけすけじゃない‼ かなりきわどい表現のイラストなど、その場に留まりたくない衝動で、私はすぐさま部屋を飛び出したのだった。

誰か、監修する日本人はいなかったのかぁ〜！

話は尽きなかったが、みんなにも授業や予定があった。私は忘れないうちに、とラシェルにはフクロウ、マリーには狼、ジャッキーにはハリネズミ（それぞれがラッキーモチーフにしているものだ）の手土産を渡した。３人は

「覚えていてくれたのね！」

とハグやビズで返してくれた。そして、

「私たちだって、あなたの好みは忘れていないわよ！」

と、コロンと丸い蓋つきの陶器に入ったチョコレートをプレゼントしてくれた。

「シホはチョコレートに目がないものね！」

ジャッキーがウインクしながら茶目っ気たっぷりにうやうやしく差し出してくれる。マリーからは

「時間が足りないから、次はもっと長い期間滞在しなさい！」

と言われたが、

（いや、日本の休暇事情からして、これ以上長い休みはムリそう……）

内心そう思ったが、できたらそうするよ～と返しておいた。

この陶器のチョコやらマリー執筆の本など、みんなからいろいろいただき、ラシェ

ルは
「これならカバンの隅っこにでも入れられるでしょう?」

と、サシェや彼女の庭で採れたラヴェンダーをポプリにして持たせてくれた。

みんなの気遣いが、ず〜んと心に染み渡る。心の満腹中枢崩壊。いや、実はカバンにも収まりきらなかった。9日間程度の旅行だったので、スーツケースを持って来ていなかったのだが、機内持ち込みができるスーツケースを買う羽目に。でも、うれしい出費なので、これもいい思い出だ。

あっさりお別れした1年半前。平日だったのでみんな仕事があり、見送りはなかったものの、私は充実感たっぷりで帰国することができた。


フランス滞在中のさまざまな出来事。どちらかと言えば、ドタバタしたことが多かった。変化に富んだ毎日を送れたことに、あらためて思いを馳せる。

「Quoi de neuf(変わりない?)」

誰かに近況を尋ねるとき、よく聞くフレーズだ。

語学学校では、返答として「Rien de neuf(特に何も)」と対で覚えた。

じゃあ、私の返事は? それが、今まで話してきたある日の出来事である。

番外編

ある日、夢見心地も束の間に……

青い海。光り輝く太陽。

南フランスを代表するリゾート地であるコート・ダジュールで、『リヴィエラの女王』と呼ばれ、特に名高いニース。一年中観光客が訪れ、海岸の大通りや大小さまざまなショップに集う人々のバラエティ豊かな装いや異なる言語に、目も耳も飽きることはない。

ミレニアムを控えた当時、私はこのきらびやかな街にほど近い語学学校に通っていた。

学校の生徒も華やかな人たちばかりで、モナコのグランカジノへ運試しに行ったり、クルーズ船を所有していて近郊に停泊し、学友を誘ってパーティーしたりしていた。

一方、そのような場は少し垣間見られたらいいなくらいの淡い憧れを持つ私には、幸か不幸か彼らとのご縁が訪れなかった。

どちらかと言えば大勢でワイワイ過ごすよりも、気の置けない友人たちとゆっくり過ごすほうが性に合っている。そんな私は、バスで15分ほどの距離にあったニースをたびたび1人で訪れては、大勢の人で混み合う中心街や明るく開放的な海辺を素通りし、美術館や古い建物をひたすら歩いて巡っていた。

私のホット〝一息つける〟スポットは城跡やシミエ地区のイタリア庭園。人工滝の涼し気な音を聞きながら湾曲した海岸線の眺望を楽しんだり、崩れた遺跡の片隅から整えられた庭園をぼーっと眺めては、足の疲れを癒していた。


その日もまた、美術館巡りをしていたときだった。

シャガール美術館のコンサートホールには、ステンドグラスとグランドピアノ（チェンバロ？）の天板に描かれたシャガールの作品がある。以前に訪れたときは入口に「立ち入り禁止」のロープが張られていたため、遠目にしか鑑賞できなかったのだが、その日は中に入ることができた。

澄み渡るように輝く青いステンドグラスの光に満ちたホール内で、シャガールの作品を間近に見ることができ、海の中か宙にいるようなふわふわとした満足感が私の身体を包んでいた。

その余韻のまま目抜き通りへ向かい、海岸方面へ歩いていたときのことである。大声で怒鳴り合う声が響き、人だかりが見えた。

トラム開通より少し前の時期で、その通りは車やバスの往来が絶えなかった。海辺の街にありがちな、駐車待ちで動かない車の列や路上駐車のせいで、渋滞もしょっちゅう起こっていた。道の両脇にはカフェやレストランの他、銀行やスーパー・土産物屋などが軒を連ねていた。たくさんの荷物を抱えた観光客や、ビーチで過ごすのであろう、軽装な格好の人々が、車の流れを見計らい、横断する光景をよく見かけた。騎馬警官や地元民も含め、さまざまな目的で大勢の人が行き交うこの場所で、喧噪は日常茶飯事だから、ちょっとしたもめごとくらいだったら人々が立ち止まることはない。これだけごった返している通りで人の流れが止まり、足を止める事態が起きているのだ。何となくただならぬ雰囲気であることは周囲の反応からも理解できた。普段は野次馬を避ける私も、ついつい止まって状況を確認したくなってしまった。人垣の隙間から怒声の方向を眺めると、掴み合いの大喧嘩をしている人物がいた。

(触らぬ神に祟りなし)

いつもだったらそそくさとその場を離れるところだが、

(ええ〜?!)

信じられない光景を目の当たりにし、釘づけになってしまった。

そのケンカを繰り広げていたのは、２人の女性だった。両名とも黒髪の、背格好も似ている10代か20代前半くらいの白人で、フランス語で罵り合っていたからフランス人なのだろう。

男性顔負けにお互い胸ぐらを掴み、1人が頬を張り手で叩いたと思ったら、やられたほうがグーで頭を殴り返している。殴られた仕返しに相手の髪を掴んで引っ張り始めると、またその仕返しに身をよじりながら相手に蹴りを入れている。やられたらやり返す、の応酬だ。

行為だけでなく、テレビだったら何度も「ピー！」が入るような聞くに堪えない言葉をまくしたて、人目も気にせずやり合う2人の女性。

（メ、メンタル強すぎる……）

そしてもっと驚くのは、それを止めようとしているのが2人の男性だったということだ。男性のケンカを女性が止めるという構図はフランスだけでなく、日本でも遭遇したことがあるが、逆はそう滅多にお目に掛かれるものではない。

しかも、こんな大勢の人前で大々的に女性同士がやり合うなど、恥も外聞もない。彼女たちの彼氏なのか夫なのかわからないが、男性たちはそれぞれを反対方向に引き離そうと手を引っ張ったり、間に体を入れてなだめようとしているものの、女性たちの剣幕に押されて引き気味である。

私の横で、短パンTシャツにビーチサンダル姿の大柄な白人男性が、ガムを噛みながら薄ら笑いを浮かべてその様子を見ている。首を横に振って呆れたような表情を見せるご婦人や、「警察を呼んだほうがいいんじゃないか?」と呟く若い男性が彼らを囲み、車の人も「何があったんだ?」と速度を落とし、窓から身を乗り出しながら通り過ぎていた。

ようやく男性陣が女性2人を離し、まだ収まりつかず掴み合おうとしている彼女たちの体や肩に手を回し反対方向へ連れて行こうとしたときである。

「何だ、もう終わりか?」

さっきの短パンTシャツ男が英語で煽るような言葉を投げかけた。独り言のように小さく発せられた声だったから、まだ興奮状態にある彼女たちが聞き取ったとは思えなかった。だが、その言葉を発端に、1人の女性が男性の手を振り切り、履いていたサンダルをにわかに脱いで手に取った。そして、背を向けて歩き始めていたもう1人の女性の頭めがけて勢いよく振り下ろしたのである。

「スパコーン!」と響き渡るハリセン音。

(ひぃっ!)

全身硬直する私。周りの人々も同じだったのだろう、一瞬辺りが静まり返った。

クリーンヒットしたそのサンダルハリセン行為によって、やられたボケ側の女性は鬼の形相でまた相手にかかって行こうとする。それを止めようと、ボケ側の男性が必死に彼女のタンクトップを掴む。下着が見えるくらい引っ張られてもなお、男性を引きずって相手に向かって行く様子に、思わず身震いしてしまう。

一方のハリセン女性は、乱れた髪をおもむろにかき上げ、「私が勝者よ！」とでも言いた気にゆっくりと相手の女性に近付き、挑発しようとした。

「もういいだろう！　やめろ!!」

ハリセン側の男性が強い口調で挑発した彼女を制止し、ボケ女性との間に割って入った。

「さあ、早く。行こう」

体を押されるようにして立ち去るハリセン女性。口汚い言葉で罵りながら執拗に追いかけようとするボケ女性だったが、

「君もいい加減やめなよ！」

とボケ側の男性が後ろから両腕を抱えて押さえ込み、何とか事態は収束したのである。

ハリセンを引き起こした（と思われる）発端の短パンTシャツ男は、薄ら笑いをやめ、憮然としているようにも見えたが、事が終わると他の野次馬同様、蜘蛛の子を散

らすように立ち去って行った。

私はというと、こんなにも長く野次馬になったことがなかったので、2、3人の通行人が邪魔そうに私を避けて歩き始めるまで、呆然とその場に立ち尽くしていた。

(な、何だかすごいものを見てしまった……)

さすがラテン系。気性の激しさをあらためて実感したが、女王のお膝元では、澄ましている人もお上りさんもみんなハッピーに過ごしていると思っていた先入観を覆す出来事となった。私にしても、

(さっきまでシャガールの世界にいたのに……)

あのふわふわとした満足感から一転、暑く乾燥し、人いきれでむせ返る現実に引き戻されたのである。

著者略歴

丹藤 志保（にとう しほ）

東京都出身。会社員。幼い頃に読んだアルセーヌ・ルパンシリーズの影響で、フランスとフランス語に興味を抱く。30歳まで、仕事を辞めては渡仏を繰り返したが、その後は日本で備忘録としてエッセイを執筆。

日常において、本人は穏やかに過ごしたいと思っているが、幼少期から人生に添ってくるのは彩よりも薬味が多い。

0歳で水泳を始めたときは、コーチが目を離した隙にプールに落ち溺れかけたり、もらい火傷（脚の上にやかんを落とされた）、もらい怪我（ふざけていた子どもが倒した衝立が頭に当たり数針縫った）、挙句は自宅がもらい火事で全焼するなど、ハプニングに事欠かない。

もらい火事にあったのが教育実習期間中で（実習も東京都の規定により母校ではできず、男子校で行った）、体育実習生だったためその日以降毎日同じジャージを着続けるハメに。また、就職活動も同時進行していたときで、受験票が焼失したため企業に番号を問い合わせたところ、9割の会社から「もっとましなウソがつけないのか」などと取り合ってもらえなかった。また、着るものがなく頂きもののピンクスーツで就職試験に臨んだことも。

利き手を矯正されてから多少便利に両手が使えたり、文系で入学した大学を理系で卒業したり、微妙なところが二刀（丹藤）流。

1日に1回はチョコレートを食べないと落ち着かない、ショコラホリックである。

丹藤流　https://nito-ryu.site/

ある日、フランスでクワドヌフ？

発行日　　2021年4月19日　第1刷発行

定　価　　本体1500円+税
著　者　　丹藤志保
デザイン　涼木秋

発行人　　菊池 学
発　行　　株式会社パブラボ
　　　　　〒359-1113　埼玉県所沢市喜多町10－4
　　　　　TEL 0429-37-5463 FAX 0429-37-5464

発　売　　株式会社星雲社（共同出版社・流通責任出版社）
　　　　　〒112-0005　東京都文京区水道1-3-30
　　　　　TEL 03-3868-3275

印刷・製本　株式会社シナノパブリッシングプレス

ISBN978-4-434-28757-2